트리니티 레볼루션
Trinity
Revolution

트리니티 레볼루션
Trinity
Revolution 3

초판 1쇄 인쇄일 2018년 5월 17일 **| 초판 1쇄 발행일** 2018년 5월 23일

지은이 임경주 **| 펴낸이** 곽동현 **| 담당편집 팀장** 이범수
편집부 홍현주 정요한

펴낸곳 (주)조은세상 **| 출판등록** 제 2002-23호
주소 경기도 연천군 미산면 청정로 1355
TEL 편집부 02)587-2966 **|** FAX 02)587-2922
e-mail bukdu@comics21c.co.kr

임경주 ⓒ 2018
ISBN 979-11-6171-804-0 **|** ISBN 979-11-6171-801-9(set) **|** 값 8,000원

임경주 현대판타지 장편소설   MODERN FANTASY STORY

트리니티 레볼루션 3
Trinity
Revolution

북두
(주)조은세상

임경주 현대판타지 장편소설
MODERN FANTASY STORY

CONTENTS

트리니티 레볼루션
Trinity
Revolution

제20장 상담

　야자 시간에 인수가 교장 선생님 호출로 나가자, 친구들
이 웅성거렸다.

　"조기졸업?"

　"그래. 내가 분명히 옆에서 들었어."

　"말도 안 돼. 무슨 조기졸업이야?"

　"아 몰라. 난 분명 들었어."

　아이들의 반응은 제각각이었다.

　"조기졸업이라…… 와, 인수는 좋겠다. 정말 부러워."

　"근데 뭔가 문제가 있나 봐. 담탱이 뭘 보면서 고개를 설
레설레 젓던데?"

　"뭘 보고 그러지?"

"그러게?"

그때 경석이가 몸을 뒤로 돌려 대화에 껴들었다.

"어…… 난 초등학교 6년, 중학교 3년 내내 영재교육원 다녔고, 1등을 놓친 적이…… 지금은 인수 때문에 아니지만, 어쨌든 1등으로 입학했는데 조기졸업은 엄두도 못 내고 있는데……."

"맞아. 인수 1학년 여름방학 전까지는 3등급이었잖아. 그런 거 보면 중학교 성적도 별 볼 일 없을걸?"

"그러게? 참 신기하단 말이야. 어떻게 저렇게 갑자기 머리가 좋아지지? 고등학교에서 삼 연속 올백이 말이 돼? 미친 거 아니야?"

"공부면 공부, 운동이면 운동, 글이면 글, 음악이면 음악. 도대체 저 자식은 못 하는 게 뭐야?"

"싸움도 잘하고."

"연애도 잘하고. 수연이 갈수록 예뻐지던데."

"내 말이……."

친구들이 웅성거리고 있는 그때, 윤철이 말했다.

"애들아. 혹시나 인수가 조기졸업하면 우린 어떡하지?"

"어떡하긴 뭘 어떡해? 축하해 줘야지."

"에이, 못해. 조기졸업을 아무나 하나?"

"인수가 그 아무나는 아닌 거 같은데."

윤철의 말에 그 누구도 대꾸하지 못했다.

◇ ◆ ◇

　인수의 중학교 생활기록부와 인수의 얼굴을 번갈아 살펴 보던 교장 선생님은 알쏭달쏭한 표정을 지었다.

　지극히 평범했던 학생이 다방면으로 엄청난 능력을 발휘 할 수가 있는지. 그저 신기할 따름이었다.

　뭔가 계단식으로 꾸준한 발전의 그래프라도 보이면 납득 이 되겠지만, 고등학생이 된 뒤 그것도 1학년 2학기를 맞이 한 순간부터 마치 다른 사람이 된 것처럼 차이가 있었다.

　특이점.

　교장 선생님은 인간도 어떠한 특이점을 맞이한다고 믿었 다.

　과학기술만 특이점을 맞아 수직상승하는 것이 아니라 인 간도 특이점을 맞아 상상을 초월하는 능력을 발휘하게 되 는 것이다.

　인수의 옆에 앉아 있는 담임 선생님 역시 교장 선생님과 같은 마음이었다.

　특이점 말고…….

　인수의 말도 안 되는 성취와 능력에 있어서.

　"내가 어렸을 때 말입니다. 우리 동네에 바보가 한 명 있 었거든요? 근데 이 녀석이 갑자기 머리가 어떻게 되더니 고 등학교 2학년만 마치고 서울대 사범대에 갔어요."

"아, 하하하."

자신을 그 옛날 바보라고 하는 거 같았지만, 인수는 그저 웃어 보였다.

"인수 학생."

"네."

"지금 인수 학생은 다방면으로 너무 뛰어나. 이건 뭐 신인류야. 그래서 묻는데, 대학 진로는 결정한 부분이 있나? 뭐 다 잘하니. 사실 우리 학생들 진로에 대해 고민을 한다는 거는 엄청 행복한 거야. 우리나라는 갑오개혁이 일어나기 전, 그러니까 불과 100년 전만 해도 진로에 대해 고민을 한다는 거는 상상도 못할 일이었지. 노비는 평생 노비였고, 양반들은 그저 30년 세월을 과거시험에만 매달렸으니까. 알겠지? 진로 고민은 괴로운 것이 아니라 행복한 것이야."

"네. 그런데 아직 결정을 내리지 못했습니다."

"음. 그러면 부모님 오시면 같이 얘기해 보자고. 알았지? 아 참, 이번에 서울시청에서 나온 장학금을 받게 될 거야. 부모님께 이 기쁜 소식 전해 드리도록."

"네, 교장 선생님."

인수가 인사를 하고는 교장실을 나가자, 교장 선생님이 인수의 담임 선생님을 붙잡고 말했다.

"어쨌든 인성이 가장 중요해요. 윤리 수행평가 결과를 확인하긴 했지만, 미국은 거 뭐라더라? 7시간 심층면접 시스

트리니티 레볼루션
Trinity
Revolution 3

템이 있어서, 7시간 면접이 끝나면 이놈이 어떤 놈인지 다 나오는 그런 게 있지요."

말을 끝낸 교장이 인수의 담임을 향해 사인이라도 보내는 것처럼, 맑은 눈빛을 보냈다.

교장의 사인에 응답이라도 하는 듯, 인수의 담임이 재빨리 말했다.

"인뎁스 인터뷰."

"그거 아니에요. 그것보다 퀄리티가 훨씬 더 높아요."

"아, 네."

인수의 담임은 어설프게 아는 체를 했다가 부끄러워 머리를 긁적거렸다.

"하지만 굳이 한 사람을 그런 방식으로 평가를 한다는 것도……. 흠."

"교장선생님. 인수는 인성도 좋습니다. 윤리수행평가도 평가지만 평소에 친구들 배려하고, 함께 끌고 가려는 모습을 보면 정말 인성까지도 훌륭한 학생입니다."

"흠…… 그러면 조기졸업을 거부할 수도……."

"네?"

교장이 넉넉한 풍채를 일으켜 세워 창밖을 보았다.

인수의 담임은 지금 교장이 하는 말을 받아들이기가 어려웠다.

"설마요."

"아닙니다. 일단, 알겠습니다. 제가 고민을 정말 많이 했는데요. 이 학생 3년 다 채우는 거는 사회적으로도 시간낭비입니다. 그리고 때로는 이 사회에 독불장군도 필요한 것 같고요."

"알겠습니다. 어려움이 많겠지만, 검토해보겠습니다. 그런데요, 교장선생님?"

"말씀하세요."

"혹시 그 바보는 지금……."

"아, 그 바보가 바로 접니다."

교장이 풍채 좋은 덩치를 자랑이라도 하듯, 뒤돌아서서 두 팔을 벌리며 대답했다.

하지만 자신을 4차원이라며 놀리는 친구들과는 반대로 그런 친구들로부터 자신을 지켜주었고 보호해주었던 친구들과 함께 가고 싶은 마음에 사범대를 택했다는 말은 하지 않았다.

"아이고. 죄송합니다."

"괜찮습니다."

담임은 얼굴이 다 발개져서는 고개 숙여 인사한 뒤 교장실을 빠져나왔다.

복도를 걸으며 자신의 주둥이를 손바닥으로 때렸다.

◇ ◆ ◇

인수의 집.

김선숙은 멸치볶음과 조기구이 그리고 시금치 나물을 비롯한 밑반찬을 들고 낑낑거리며 비밀번호를 눌렀다.

한데, 안에서부터 피아노소리가 들려왔다.

김선숙은 손을 멈추고는 귀를 가까이 대보았다.

다른 집이 아닌, 틀림없이 아들의 집안에서 들려오는 소리였다.

역시나 김선숙이 문을 열고 들어가자, 피아노소리가 선명하게 울려 퍼졌다.

인수가 앉아서 피아노를 치고 있는 것이 아닌가?

"오메? 뭔 피아노가 거실에 떡하니 있데?"

"어, 울 엄마 왔네."

김선숙은 반찬을 식탁에 올린 뒤 피아노부터 살펴보았다.

중고였다.

"이거 샀어?"

"샀죠."

"오메, 통도 크네. 이걸 혼자 샀어? 언제?"

"엄마 바쁠까봐, 며칠 됐어요."

"얼마야?"

"백오십."

"99년 전인 거 확인했어?"

김선숙은 2000년 이후 중국공장에서 만들어진 피아노는 다 고물로 취급했다.

"당연하죠. 엄마 신경 쓸까봐 일부러 중고 샀네요. 특히 99년 제품."

"잘 샀네. 근데 이거슬 므단고 샀어?"

므단고. 뭐하게의 사투리다.

인수가 엄마의 사투리에 웃었다.

"므다게. 므다게 엄마는 그란거를 시방 알라 그래."

인수도 엄마의 사투리를 따라했다.

그러자 엄마도 웃었다.

"야는 므다게는 므시 므다게여. 말해봐. 엄마가 알아야제."

"수행평가 준비하느라고."

"수행평가? 뭔 놈의 수행평가가 피아노를 다 사야한데?"

"겸사겸사 뭐 앞으로도 계속 치고 싶기도 하고요."

"야 그래도 이런 걸 엄마 상의도 없이 혼자 사면 어떡하니? 그리고 피아노가 있으면 뭐해? 학원에 다녀야지. 이게 뭐 집에 있다고 저절로 쳐지니?"

"칠 만한데요?"

인수가 말하며 연주를 시작했다.

엄마가 좋아하는 쇼팽의 즉흥환상곡 C#단조 OP.66.

마법과도 같은 순간이었다.

피아노의 선율이 실내에 꽉 찬 순간은 시간이 정지한 순간이었다.

김선숙의 눈앞에 한 편의 드라마가 펼쳐졌다.

쇼팽이 그토록 사랑했던 여인 상드와 뜨거운 사랑을 나누며 행복해하지만, 끝내 버림을 받고 슬퍼하는 모습이 생생하게 보였다.

연주가 끝났을 때, 김선숙은 머리를 골고루 망치로 얻어맞은 기분이었다.

한쪽 눈가에서 눈물이 주르륵 흘러내렸다.

인수의 곡 해석능력까지 더해져 깊은 감동으로 전해져왔다.

"엄마 소감."

"인수야…… 오메 참말로……."

"소감을 말해달라니까 울고 그래."

"아고 내 새끼! 아고 내 강아지!"

김선숙은 다짜고짜 인수의 머리를 가슴으로 껴안고는 소리쳤다.

"워메 참말로! 이거시 뭔 일일까잉? 공부도 잘하는 내 새끼가 뭔 놈의 피아노를 요렇게 또 허벌라게 잘 쳐분다냐?"

"아따메 참말로 울 엄마는 흥분하믄 사투리를 꽉꽉 써분 께 나가 뭔 일을 못해불겄네잉."

인수도 어렸을 때부터 듣고 자란 것이 있기에 사투리가 전혀 어색하지 않았다.

"오메, 내 새끼! 오메 내 강아지!"

이제는 김선숙이 인수의 입술을 모아 뽀뽀를 날렸다.

쪽쪽쪽.

"엄마 한 곡 더?"

"아니. 시방 머리가 겁나게 아파부네."

"으응."

인수는 웃고 말았다.

식탁에 앉아 엄마가 차려주는 밥을 먹으며 인수가 말을 꺼냈다.

"아빠 오늘 일찍 오시나요?"

"아마도?"

"저녁은 외식할까요?"

"외식? 그래, 외식 좋지."

"좋아요. 제가 드릴 말씀이 있거든요."

"뭐?"

"이따가 아빠랑요."

"에이, 뭔데? 엄마한테 먼저 살짝 말해줘."

인수가 애교를 부리는 엄마를 보며 졌다는 식으로 말을

꺼냈다.

"학교에서."

인수가 씩 웃었다.

"학교에서 뭐?"

김선숙은 학교 이야기가 나오고 아들이 씩 웃고 있으니 틀림없이 좋은 일이라 생각해 몹시 궁금해졌다.

"장학금 나온데."

"장학금?"

김선숙의 두 눈이 동그래졌다.

입이 양쪽 귀에 걸렸다.

"오메, 내 새끼! 오메 내 강아지! 얼마? 웅? 얼마래?"

"정확한 금액은 모르겠고, 뭐 통장에 찍히겠죠? 가족관계 증명해야하니까 등본이랑 통장사본 준비해주세요. 다음 주까지 제출하래요."

"오늘 당장 준비하마."

"그리고."

"그리고? 그리고 또 뭐?"

김선숙이 의자를 빼고는 인수의 앞에 앉았다.

"조기 맛있네."

"맛있어?"

"어. 학교에서 나 조기졸업 검토 중이라는데?"

"조기…… 뭐? 조기 뭐시기?"

"엄마아빠 교장선생님께서 좀 보자시네요. 중학교랑 고1 상반기까지 공부를 너무 못해서 어려운 부분이 있는데, 전혀 불가능하지는 않을 거 같다고."

김선숙은 두 눈만 깜박거렸다.

그러다 갑자기 정신을 차리고는 곧장 남편에게 전화를 걸었다.

"여보! 인수 조기졸업한데요!"

◇ ◆ ◇

김선숙은 집으로 돌아가는 길에 문득 샵피아노학원 간판을 올려다보았다.

그냥 지나쳐가려다가, 발을 멈추었다.

"아냐. 다 지난 일인데."

다시 발을 움직이다가 몇 걸음을 가지 못하고 또 멈추어 섰다.

"에이, 들어가자."

김선숙은 용기를 내어 학원 안으로 들어갔다.

원장이 그런 인수의 엄마를 반갑게 맞아주었다.

"어? 인수 어머니, 안녕하세요? 어서 오세요."

"안녕하세요? 원장님. 그동안 잘…… 지내셨어요?"

"네, 저야…… 여기 앉으세요."

"원장님. 거 옛날에 그러니까 우리 인수가 요만 했을 때…… 유치원에 다닐 때……."

김선숙은 원장이 내준 의자에 앉지도 못한 채 서서 말했다.

"네?"

"그때 제가 워낙에 철이 없어서……."

"……?"

"제가 치맛바람에 휘둘리느라 원장님마음도 모르고 콩쿨 안 내보낸다고……. 휴, 제가 사과드릴 게요."

"아휴, 어머니. 아니에요. 부모 마음이 다 그런 거죠. 일단 여기 앉으세요. 그나 인수 멋있데요. 정말 잘 컸어요."

"언제 보셨어요? 그게 다 절 닮아서. 호호호!"

"어머님…… 안 닮은……."

순간 김선숙의 눈빛이 바뀌었다.

"맞아요. 어머님 닮았어요."

원장이 말하고는 재빨리 차를 내왔다.

"원장님, 세상에 우리 인수가요."

김선숙의 입이 열리며 장학금부터 시작해 연속 세 번 올백1등 아들자랑이 시작되었다.

학교에서는 지금 조기졸업까지 검토 중이라며.

원장은 깜짝 놀랐다.

"천재네요! 아니죠. 천재 위에 뭐가 있죠?"

"천재의 천재."

"그러네요!"

김선숙은 그렇게 사과와 함께 생각지도 못했던 아들자랑을 잔뜩 늘어놓았다.

거짓은 추호도 없었다.

단지 말하는 자신도, 듣는 사람도 놀라울 뿐이었다.

"그런데요……. 원장님. 저는 뭐가 이렇게 불안할까요?"

원장은 대답하지 못했다.

그 불안함을 인정은 하지만 그것이 무엇인지를 정확하게 알 수가 없으니, 서로 침묵만이 오고갔다.

잠시 후, 원장이 인수가 다녀갔다는 말을 했다.

"인수가요?"

"네. 저 인수한테 감동받았어요."

김선숙은 원장이 하는 말을 묵묵히 들었다.

◇ ◆ ◇

박지훈과 김선숙이 학교를 찾아왔다.

교문을 통과해 주차장에 차를 주차한 뒤, 차에서 내린 박지훈은 애써 덤덤한 척하며 내색하지 않았지만, 기분이 좋은 것은 사실이었다.

하지만 김선숙은 만감이 교차하고 있었다.

트리니티 레볼루션
Trinity
Revolution 3

기쁨과 그만큼의 불안함.

봐라, 이 년들아.

모임에서도 엄청 자랑했다.

반장되었다고 밥 사고, 1등 했다고 밥 사고, 올백 맞았다고 또 밥 사고, 장학금 탔다고 밥 사고, 이제는 조기졸업 하게 될 거 같다며 밥을 샀다.

김선숙은 말 그대로 밥 사는 걸로 시작해서 밥 사는 걸로 끝났다.

모임 엄마들은 겉으로는 마지못해 축하를 해주었지만, 속으로는 저 무식한 여편네한테 어떻게 그런 잘난 아들이 다 생겼지? 하며 시샘했다.

그러면서도 비결이 무엇인지 알고자 알랑방귀를 뀌어댔다.

모임의 엄마들은 모두가 다 가면을 쓰고 김선숙을 대했지만, 경석이 엄마와는 최근 급속도로 친해지며 단짝이 되었다.

하지만 이것이 화근이었다.

경석이 엄마는 1학년 초창기 때만해도 전체 1등을 찍은 학생의 부모라서 그런지, 김선숙이 보기에 인간미라고는 눈곱만큼도 없이 그저 도도하고 싸늘한 여자로만 느껴졌었다.

하지만 이제는 자신을 친언니처럼 여기는 것도 모자라 말 하나 동작 하나도 정말 극진하다 싶을 정도로 깍듯했다.

도대체 이 여자가 왜 이러나 싶을 정도였다.

그리고 그 이유를 알게 되었다.

경석이 엄마는 인수가 비밀로 해달라고 했지만, 근지러운 입을 도저히 다물고 있을 수가 없었던 것이다.

자신이 사이비종교에 빠져서 정신을 못 차렸던 일까지도 다 불었다.

"말도 안 돼."

김선숙은 두 눈만 깜박거리고 있을 뿐이었다.

인수가 루게릭병환자를 치료한 것도 모자라, 사이비교주를 상대로 사기를 당했던 돈까지 찾아와주었다니 정녕 믿을 수가 없었다.

"언니. 저 이제 언니한테 정말 잘 할 거예요."

"아니 뭐……. 딱히 그러지 않아도 돼……."

도대체 내 아들의 능력은 어디까지 일까?

피아노학원 원장의 말도 떠올랐다.

지금 인수의 피아노 실력은 인간에게는 불가능한 것이라고.

즉흥환상곡을 들어보아서 안다.

가슴 깊숙한 곳을 건드리던 그 아름다운 선율.

전체 1등. 3연속 올백. 그리고 조기졸업 검토.

로또당첨으로 시작해 한 치의 실패도 없는 주식투자로 쌓아올리고 있는 부.

어떻게 갑자기 이런 믿지 못할 일들이 계속 생겨나는 것 일까?

이 녀석, 내 눈에 보이지 않는 곳에서는 대체 무슨 짓을 하고 다니는 거야?

경석이 엄마는 감사의 표시라며 최상급 영광굴비부터 시작해, 어디 좋다고 소문 난 식품들을 찾아 틈틈이 택배로 보내왔다.

김선숙은 기쁨도 기쁨이지만 그만큼 슬슬 두려움도 커져만 갔다.

인수가 어느 날 갑자기 어디론가 훌쩍 날아가 버릴 것만 같았다.

어쨌든 남들은 꿈도 못 꿀 일을 김선숙은 아들을 잘 두어서 남부럽게 누리고 있는 것이 너무나도 행복했지만 그만큼 불안한 것도 사실이었다.

'혹시 내 아들이 아닌 건 아닐까?

차에서 내려 학교건물을 올려다보는데 기쁨은 잠시, 이런 걱정부터가 앞섰다.

하지만 건물로 들어가 교장실로 향하는데, 학생들이 서로 소곤거리며 주위를 맴돌더니 잠시 후 "맞지? 맞아! 진짜야, 진짜! 인수 부모님이야!" 막 이러면서 무슨 스타를 구경하듯 우르르 몰려와 서로 먼저 다가와 인사를 하기 시작했다.

자신과 남편을 보며 넙죽 인사하고는 어쩔 줄을 몰라라 하는 것을 보자, '이 학교에서는 내 아들에 이어 우리까지도 유명인사는 유명인사구나……' 하는 생각도 들었다.

　그러니 정말 밥을 안 먹어도 배가 부르다는 말이 무슨 말인지 이제는 확실히 알 거 같았다.

　"오메, 인수 아빠. 요라고 학교 온게 나 소싯적 생각이 팍팍 나부요잉."

　"거 사투리. 또 흥분했구만."

　"뭐시라고라?"

　"되도록 말을 하지 마. 교장선생님 앞에서."

　"오메, 챙피하요?"

　"됐어. 말을 말아야지."

　박지훈이 앞서서 걸었다.

　"서방님. 아따 서방님 같이 가요."

　김선숙은 언제 무슨 걱정을 했냐는 듯, 아이처럼 좋아하며 남편의 뒤를 따랐다.

◇ ◆ ◇

　교장실.

　박지훈은 좀 상기된 표정이었고, 김선숙은 싱글벙글 얼굴에 미소가 떠나질 않았다.

"흠. 향이 참 좋아요. 이것은 무슨 차인가요?"

김선숙이 또박또박 표준어를 쓰자, 박지훈은 마셨던 차를 뿜을 뻔했다.

"녹차입니다."

"아, 녹차."

"일단 인수 부모님, 이렇게 모시게 되어서 영광입니다."

"호호호. 제가 더 영광이지요."

"감사합니다."

"아드님을 어떻게 이렇게 훌륭하게 키우셨는지, 어 인수 학생이 아버님을 쏙 빼 닮았네요."

"어머 아니에요 교장선생님. 우리 인수 저 닮았어요."

"아, 하하. 네. 이 사람……. 네, 네."

교장이 김선숙을 빤히 들여다보았다.

"아닌데요? 어머니 하나도 안 닮았는데요?"

"아휴, 어렸을 때부터 밖에 데리고 다니면 저 닮았다는 소리 얼마나 많이 들었는데요. 뭔 애가 세상에 요케 이쁘게 생긴 애가 다 있다남서요."

"아, 그러셨구나. 근데 크면서는 아버님을 닮아가나 봅니다."

꿍, 결국엔 김선숙도 우기기를 포기했다.

"맞아요. 그래서 눈이 아빠를 닮아서 이렇게……."

김선숙은 자신의 눈을 양쪽으로 잡아 늘리다가 남편의

표정을 보고는 관두었다.

박지훈은 그만 두 눈을 감고 말았다.

"호호호! 눈매가 이 사람을 많이 닮긴 했지요?"

"하하하. 네, 네."

"하, 하하."

박지훈도 웃고 말았다.

교장은 호탕하게 웃고 나서 본론을 얘기했다.

"음. 이미 들어서 아시겠지만 두 분을 이렇게 모신 건 다름이 아니라, 인수 학생의 능력이 너무 뛰어나서 조기졸업이 필요하다고 판단했기 때문입니다."

"교장선생님. 엄마인 저는 솔직히 무서워요."

진심이었다.

"이해합니다."

"변해도 너무 변했어요."

"사실 인수 학생의 경우는 굉장히 드문 일입니다. 앞으로 사람의 앞날이 어떻게 될지는 정말 하늘만이 알겠죠. 저는 그 능력을 최대한 이끌어주어야 하는 책임이 있다고 생각합니다."

박지훈이 교장의 말을 곰곰이 듣다가 질문을 던졌다.

"어떤 평가가 있겠죠? 조기졸업을 하려면……."

"그렇죠. 총 5단계의 평가과정을 거치게 되고, 통과하면 내년에 졸업하고 곧바로 원하는 대학을 가게 될 겁니다."

"원하는 대학이요?"

두 사람 다 깜짝 놀랐다.

조기졸업도 놀라운데 원하는 대학도 바로 간다니.

"물론 그 과정도 대학입학사정관이 우리가 준비한 학생 종합기록부와 인수가 작성한 자기소개서를 토대로 면접을 보고 최종결정하게 될 것입니다. 뭐 아직은 산 넘어 산입니다만 전 충분히 가능하다고 보기에 시도해보려 합니다."

"네……."

박지훈이 무겁게 대답하며 고개를 끄덕였다.

하지만 김선숙은 달랐다.

"그러면요, 선생님. 그 뭐시냐……. 생기부랑 자소서랑 면접을 패키지로 묶어서 한 방에 해결해주는 전문가를 빨리 알아봐야 쓰겠네요? 돈이 얼마가 들더라도 요."

김선숙도 이 바닥에서 나름 조사를 다 해보았다. 하지만 교장이 깜짝 놀랐다.

"아니요, 어머님. 제가 그런 뜻으로 말씀드리는 게 아닙니다. 그러시면 백프로 떨어집니다."

"네?"

"대학입학사정관들 남이 쓴 거 첫 문장만 보아도 압니다. 그리고 그 자기소개서를 토대로 면접을 보기 때문에 무조건 자신이 직접 써야 합니다."

"아닌데요, 선생님? 제가 알고 있는 정보에 의하면…….

이천만 원짜리 대필전문가는… 면접까지 패키지로 그냥 완벽하게…….”

박지훈이 무릎으로 김선숙의 허벅지를 팍 쳤다.

“아따, 왜요?”

박지훈이 민망해서 교장을 향해 억지웃음을 지어보였다.

교장도 충분히 이해한다는 표정으로 웃었다.

“어머님. 제 말 들으세요. 만약 그렇게 간다고 한들 그게 무슨 의미가 있겠습니까?”

“맞습니다.”

“네. 그리고 백학재단에서 지원하는 장학금도 받게 될 겁니다.”

“그게 이번에 나온다는 그……. 여기 서류 준비해왔는데요.”

김선숙이 가방을 열어 봉투를 꺼내어 두 손으로 공손히 교장선생님 앞으로 내밀었다.

“어머님, 저 주세요.”

“아, 네.”

담임이 옆에서 서류를 받았다.

교장이 말을 이었다.

“아, 이번에는 서울시청에서 지원하는 장학금이고요. 앞으로 서울시 미래장학회, 한국상록장학회, 의성장학회, 금융연수원 장학금, 서울 희망장학금 그리고 백학재단 장학금

등등 뭐 계속 받게 될 겁니다."

박지훈과 김선숙은 할 말을 잃고 말았다.

"인수 학생뿐만 아니라 전체 학생들에게 골고루 돌아갈
수 있도록 학교에서 신경 쓰는 부분이기도 하고요. 그나저
나…… 우리 인수 학생 진로는……?"

"어렸을 때는 형사가 되고 싶어 했습니다."

"오, 인수 학생 어렸을 때 꿈이 형사였군요!"

"아마 지금도 경찰대학교를 생각하고 있는 거 같기도 한
데요……."

박지훈은 말을 하면서도 확실치 않아 고개를 갸우뚱 거
렸다.

"근데 인수 학생 왜 안 오지?"

교장이 인수의 담임에게 묻자, 담임이 벌떡 일어섰다.

"제가 가서 데리고 오겠습니다."

"아니요, 오겠지요. 일단 부모님께서는 인수 학생과 이
부분에 대해서 대화를 나누어 보시는 게 좋을 듯합니다."

"네, 알겠습니다."

교장은 계속해서 인수의 칭찬을 아끼지 않았다.

잠시 후, 인수가 들어왔고 조기졸업에 대한 이야기가 다
시 시작되었다.

하지만 인수의 입에서 나온 말로 인해 교장을 제외한 모
두가 깜짝 놀랐다.

"저를 위한 배려에 감사드립니다. 하지만 조기졸업도 좋지만, 전 지금 친구들과 함께 졸업하고 싶습니다. 뭐 딱히 조기 졸업한다고 다 잘되는 것도 아니고요."

인수는 마땅히 조기졸업을 해야 할 필요를 못 느껴 적당히 둘러댔다.

그러자 교장이 웃었다.

"인수 학생의 마음 잘 알고 있네. 그리고 그 뜻을 높이 사고. 하지만 말이야. 친구들을 위한 길이 꼭 함께 가는 것만이 아닐 수도 있다는 것을 잘 생각해보게. 물론 조기졸업한 사람들이 사회적으로 다 잘되는 건 아니야. 그렇지만 지금 인수 학생이 많은 부분을 독차지하면 그만큼 다른 친구들에게 돌아가는 부분이 줄어드는 문제도 있잖아? 또 의욕문제도 있고. 열정이 너무 지나치면 그 열정을 따라오지 못하는 사람은 그 열정에 화상을 입는 상황이 발생하는 것처럼, 경쟁도 어느 정도수준이 맞아야 경쟁이 되는 거지. 자네 수준은 이미 친구들에게 경쟁심이 아닌 독이 될 수도 있어. 꼭 그런 것 때문에 조기졸업을 진행하는 건 아니지만, 충분히 고민을 해야 할 부분인 거야."

인수는 고개를 끄덕였다.

교장선생님이 예상보다는 훨씬 지혜로운 사람이었기에.

"조기졸업이 실패한 사람들은 대부분 지성과 감성이 엇나가서 그런 경우가 많아. 칼날 같은 지성은 저 만큼 얼마든지 앞서갈 수 있지만 감성은 반드시 제 나이를 먹어가기 때문인 거지. 여기서 괴리가 생기는 거야. 대학생 지성을 지닌 초등학생은 여전히 초등학생 감성으로 초등학생들과 딱지 치며 놀고 싶지 대학생들과 술 먹고 담배피우며 놀고 싶지는 않거든. 그래서 감성에 의해 힘들게 붙잡고 있던 지성의 끈을 놓아버리기에 영재가 명멸하는 현상이 발생하는 것이고."

지혜로운 사람은 맞는데 말이 참 많다…….

"인수 학생이 생각을 해봐. 미분 적분 술술 푸는 초등학생이 잠자기 전에 사탕 먹다가 엄마에게 '너는 미분 적분도 술술 푸는 애가 자기 전에 무슨 사탕이니? 이 썩잖아?' 라고 혼이 나면 이 애가 달콤한 사탕을 선택하겠어? 아니면 힘들게 붙잡고 있던 지성의 끈을 선택하겠어?'

"사탕입니다."

"그렇지. 영재들이 명멸하는 이유, 여기서 명멸이라는 말은 불이 꺼졌다 켜졌다 하는 것처럼 나타났다가 곧장 사라진다는 말이야. 그런 현상이 나타나는 이유가 바로 지성과 감성의 괴리 때문인 거야. 대부분 부모들은 대한민국의 영재교육시스템이 뒷받침을 못해주기 때문이라고 그러는데 속내를 들여다보면 그게 아니고 이런 문제들 때문인 거지."

진짜 말 많다…….

지금 교장의 말을 듣고 있는 사람들의 공통된 생각이었다.

"하지만 내가 보기에 우리 인수 학생 감성은 이미 40대 같아서 지성과 감성이 충돌할 이유가 전혀 없어 보여. 그러니 잘 고민해보게나."

울 아들 감성이 40대?

김선숙은 이게 자신의 아들 욕인지 칭찬인지 헷갈려 고개를 갸우뚱거렸다.

"알겠습니다. 교장선생님 말씀이 옳습니다. 고민을 해야 할 부분입니다."

"그래."

상담이 끝날 때까지, 김선숙은 박지훈의 우려와는 달리 더 이상 쓸데없이 나서서 말을 하지 않았다.

조기졸업이든, 정상졸업이든 어쨌든 지금 이 순간만큼은 달콤한 꿈을 꾸는 것처럼, 꽃길만을 걷고 있었기 때문이었다.

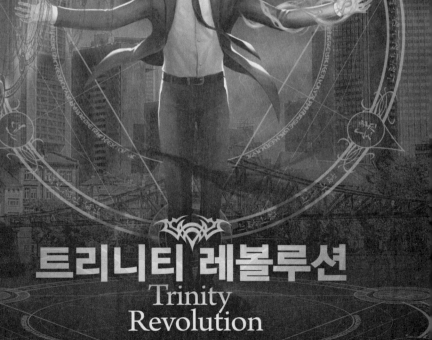

트리니티 레볼루션
Trinity
Revolution

제21장 인수를 보다

성모대학병원 응급실.

세영은 팔과 다리에 찰과상을 입었지만, 머리가 깨져 응급실로 실려와 치료를 받았다.

각종검사를 실시했는데, 다행히도 큰 상처는 아니었다.

민숙은 응급차로 이동하는 동안에도 눈물콧물을 다 뺐고, 몇 번이고 사과를 했다.

곧 도착하실 세영의 엄마, 아주머니를 뵐 면목이 없었다.

어쨌든 세영의 곁을 민숙이 지키고 있는 가운데 침상에서 몸을 일으킨 세영은 기시감으로 인해 고개를 갸우뚱 거렸다.

"세영아 왜 그래?"

민숙이 묻자, 세영은 고개를 저었다.

"아냐. 여기를 언제 와 본 거 같아서. 여기서 애를 낳은 거 같은데."

애를 낳아?

"……."

민숙은 자기 때문에 세영의 머리가 어떻게 된 건 아닌지 너무나도 걱정되었다.

"야 뭔 소리야… 너 왜 그래……. 네가 무슨 애를 낳아. 으앙."

민숙은 또 울음보를 터트리고 말았다.

그때 세영이 침대에서 내려오더니, 팔에 거치적거리는 링거 줄을 보는 순간 장면이 겹쳐졌다.

테이프를 떼어낸 뒤 바늘을 쑥 잡아 빼는 자신의 모습.

세영이 그 겹쳐지는 장면을 따라 바늘을 잡아 뺐다.

그때 또 장면이 겹쳐졌다.

집에 가자. 우리 집에 가자.

"야!"

민숙이 그 모습에 깜짝 놀라 소리쳤지만, 세영은 환자복 차림으로 복도를 걸었다.

너무나도 익숙한 응급실복도를 지나는데, 환영이 보였다.

자신이 이동침대에 실린 채로 옆으로 지나갔다.

이동침대를 밀고 있는 보안요원과 한 남자.

그 남자의 얼굴을 놓쳤다.

'세영아! 세영아!'

자신의 이름을 애타게 부르며 깨우고 있는 그 남자의 얼굴에 집중하려는데, 환영은 옆을 스쳐 뒤로 지나갔고 세영이 몸을 돌려 본 순간 안개처럼 흩어지며 사라져버렸다.

"하아, 하아."

호흡이 거칠어졌다.

이 병원의 모든 것이 익숙했다.

산부인과를 향해 걸어가는 세영의 두 다리가 후들거렸다.

비틀하며 꺾이는 순간, 민숙이 뒤에서 부축을 해왔다.

"도대체 어디 가는 거야?"

"잠깐만……."

산부인과에 도착한 세영은 또 하나의 환영을 보았다.

함박눈이 내리는 창밖을 바라보며, 아이를 안고 있는 자신의 모습을.

세영이 그 곁으로 다가가 잠든 핏덩어리의 얼굴을 확인하는 그때 환영은 또 안개처럼 사라졌다.

"나 여기서 누군가를 기다렸어……."

"누구를?"

"모르겠어. 뒤죽박죽이야……."

"일단 가자. 너 지금 상태가 너무 안 좋아."

"아니야. 나 더 확인할 게 있어."

세영은 민숙의 손을 뿌리치고는 수납실로 향했다.

그때 원무과를 발견한 순간, 누군가가 얼굴을 얻어맞는 소리와 함께 또 하나의 환영이 나타났다.

주먹으로 얼굴을 얻어맞고는 고개를 푹 숙이고 있는 남자.

지칠 대로 지쳐보였다.

안쓰러울 정도로 힘겨워보였다.

입술과 코에서 새어나온 피가 턱밑으로 뚝뚝 떨어져 내렸다.

'니들이 사람새끼들이야?

난 누구에게 분노하고 있는 것일까?

세영은 고개를 숙이고 있는 남자의 얼굴을 꼭 보고 싶었다.

하지만 그 환영은 안개처럼 흩어지며 사라져버렸고 또 다른 환영이 펼쳐졌다.

자신이 배를 움켜잡고는 저 현관문을 향해 뻘뻘 기어가다가 문을 넘어서지도 못하고 멈추었다.

세영은 그 환영을 따라가 문 앞에 섰다.

바닥을 뻘뻘 기었던 자신의 환영이 발아래에서 다시 사라졌다.

그리고 그때 현관문 밖에서 자신의 이름을 부르며 그 남자가 달려왔다.

'세영아!'

함박눈과 자신의 모습을 쇼윈도처럼 반사시키고 있는 유리문.

그 유리문을 통해 세영은 그 남자의 얼굴을 보았다.

"……!"

세영의 동공이 확장되는 순간이었다.

"인수?"

◇ ◆ ◇

쏴아아아.

샤워기에서 쏟아지는 물줄기를 맞고 있던 인수가 두 눈을 번쩍 떴다.

그대로 휘청거렸다.

원인모를 통증이 갑자기 송곳처럼 폐부를 뚫고 들어왔기 때문이었다.

서클의 부작용도 아니었다.

내공이 불안정한 것도 아니었다.

"하아, 하아."

놀라움으로 인해 호흡이 다 곤란할 지경이었다.

인수는 샤워기의 물을 겨우 껐지만, 그대로 욕조바닥에 털썩 주저앉고 말았다.

아무것도 할 수가 없었다.

온몸에 힘이 다 빠져나간 상태였다.

귀환 전, 그 잔인했던 기억들이 저절로 떠올라 인수를 괴롭히기 시작했다.

"갑자기 왜 이러는 거야……."

하아, 하아…….

머리를 아무리 털어도, 인수의 기억은 거친 호흡을 따라, 귀환 전 2015년의 기억으로 되돌아가고 있었다.

그리고 그 슬프고 아픈 기억을 병원에서 환영을 통해 공유하는 세영은 민숙의 품에서 정신을 잃고 말았다.

◇ ◆ ◇

삼건기업 본사 대회의실.

입장을 위해 기다리고 있는 8명의 남자들은 모두 다 기골이 장대했고 인상이 험악했으며 하나같이 검정색 슈트 차림이었다.

왼쪽 가슴에 三建(삼건)이 새겨진 금빛배지를 찬 이들은 제3세대파의 핵심간부들이었다.

하지만 이들에게도 예외란 없었다.

실내로 입장하며 몸수색이 진행되었다.

금속탐지기가 울리면 전화기와 회칼을 비롯한 개인연장과 물품들을 압수당했다.

그들 사이를 아지랑이와도 같은 모습으로 통과하는 인수.

인비져빌리티의 마법으로 인해 착시효과를 일으켜 놈들 사이에서 감쪽같이 모습을 감춘 것이다.

삐삐삐.

하지만 인수가 통과할 때 핸드폰으로 인해 금속탐지기가 울렸다.

그러자 몸에 지니고 있던 모든 금속을 다 털어낸 간부가 씩 웃으며 자신의 아랫도리를 손가락으로 가리켰다.

삼건백화점 강남점 사장인 최도식 사장이다.

최도식이 씩 웃으며 금니를 드러내고는 어깨를 으쓱하자, 보안요원이 통과시켜주었다.

인수는 그동안 서한철과 박재영의 기억을 통해 알게 된 제3세대파의 회장을 포함한 핵심간부 8명을 한명씩 차례대로 직접 만나보았다.

각 개인마다 스쳐 지나가기도 했고, 같은 엘리베이터에 올라타기도 하며 화이트존을 통해 놈들의 의식 속을 파고들어가 기억을 더듬어보았다.

하지만 이놈들에게는 자신의 장기밀매와 관련된 연결

고리는 찾아볼 수가 없었다.

단지, 놈들은 박윤구의 의문사로 인해 하나같이 서한철이라는 인간 그 자체를 성가셔하고 있었다.

두려움보다는 목구멍에 박힌 가시를 여전히 빼지 못하고 있는 것처럼 짜증나고 성가신 존재로 인식하고 있을 뿐이었다.

그렇게 오늘은 박윤구의 의문사에 대한 안건을 주제로 핵심간부회의가 소집된 날인 것이다.

참 웃기는 것은 조직폭력배들의 회의도 회순에 의해 국민의례부터 시작했다.

국기에 대한 경례부터 시작해 애국가도 부르고(1절만), 순국선열에 대한 묵념도 진행했다.

핵심간부 8명이 모두 모였다는 성원보고를 받은 회장이 나무망치를 세 번 쳤다.

"그럼, 회의를 진행하겠습니다."

인수는 그들 사이에서, 그들이 나누는 얘기를 조용히 들었다.

놀라운 것은, 그들이 경찰과 검찰을 통해 정확한 정보를 손에 쥐고 있다는 것이었다.

박윤구의 의문사를 검시관도 제대로 파악하지 못하고 있는 상태.

그들은 한 치의 의심조차 하지 않고 있었다.

경찰이나 검찰이 자신들에게 정확한 정보를 주지 않을 수도 있을 법하거늘, 정보가 잘못되었다는 생각은 눈곱만큼도 없었다.

그들에게 중요한 것은, 박윤구는 틀림없는 타살이며 과연 누가 박윤구를 죽였냐는 것이었다.

어떤 방법을 사용했는지는 모르지만, 모두 다 박윤구를 죽인 자는 십중팔구 서한철이라는 데 의견이 모아졌다.

그리고 이것은 자신들을 향한 경고라는 것.

핵심간부 중의 한 명인 삼건유통의 사장 정만식이 말했다.

"굳이 서한철을 찾을 필요 없습니다. 놈이 도발한 이상, 서한철이 아닌 서한철의 가족을 먼저 잡겠습니다. 놈의 부인과 딸을 잡아서 죽기 전까지 고문하면 놈은 스스로 등장하겠지요."

지금까지 단 한마디도 언급하지 않고 있던, 하얀 슈트 차림의 회장 박경용이 잿빛 수염사이로 입술을 열었다.

"이런 일은 깔끔해야 돼. 개인적인 감정은 뒤로하고."

정만식의 표정이 굳어졌다.

"제가 나서지 않고, 뒤탈 없이 잘 처리하겠습니다. 우리한창 때보다 실력이 훨씬 좋은 녀석이 있습니다. 믿어도 될 놈입니다."

정만식이 다른 간부들의 표정을 살폈다.

나머지 간부들은 정만식이 지목하는 인물이 누군지 다 알고 있다는 표정이었다.

　"한영일."

　"그래, 한 실장."

　"뭐, 정 사장보다야 한 실장이 나선다면 굳이 반대할 이유는 없지."

　다른 간부들도 고개를 끄덕거렸다.

　"그래. 그럼 맡겨보도록 하지. 다들 어때? 다른 의견 있나?"

　서한철이 아닌 서한철의 가족을 먼저 잡아 죽기 전까지 고문하겠다.

　인수는 슬슬 분노가 치밀어 올라오는 것을 억누를 수가 없었다.

　이놈들은 인간이 아닌 악마였다.

　인간이기를 포기한 악마들이었다.

　진짜 악마들은 사랑하는 사람과 가족을 먼저 노린다고 했다.

　이것이 결국에 가서는 선이 악을 이길 수 없는 치명적인 이유이기도 했다.

　"없습니다."

　"그럼, 폐회를 선언합니다."

　놈들이 회의를 끝내고 일어섰다.

입장할 때 **빼두었던** 각자의 연장과 물품들을 되찾는 그때 뒤에서 인수가 모습을 드러냈다.

인수는 즉시 신곡마법을 발동시켰다.

제6계단.

"신곡마법이여 발동하라."

놈들이 주문소리를 듣고 뒤를 돌아보았지만, 인수를 보지 못했다.

순식간에 바닥이 꺼지며 지옥의 6계단으로 떨어져 내린 것이다.

"끄아아악!"

불지옥이 펼쳐졌다.

현실은 1분.

하지만 신곡의 지옥은 1년.

쿠구구구, 콰직!

바닥이 갈라지며 새빨간 용암이 강물처럼 흘렀고, 새카만 하늘에 숫자가 나타났다.

001일부터 시작해 365일까지의 카운트다운은 놈들에게도 적용되었다.

"크악!"

제3세대파의 두목인 회장부터 시작해 핵심간부 8명은 모두 불길이 치솟아 오르는 무덤에 묻혀 머리만 **빼놓은** 상태였다.

그렇게 꼼짝없이 갇힌 것도 미쳐버릴 지경이건만, 놈들 앞에 소머리에 인간의 몸을 한 미노타우르스가 나타났다.

쿵쿵쿵쿵.

미노타우르스는 육중한 발걸음을 옮겨와 손에 든 둔기로 놈들의 머리를 내려치기 시작했다.

"끄헤엑!"

"살려줘!"

퍼어억. 퍼억. 퍽. 퍽. 퍽. 퍽.

둔기에 의해 처참한 광경이 펼쳐졌다.

"피해! 피해야 돼!"

오락실의 두더지잡기처럼 놈들이 머리를 숨기면 미노타우르스는 다른 놈의 머리를 노리고 내려쳤다.

불이 솟구쳐 오르며 견디지 못한 머리가 또 솟구쳐 올라오면 미노타우르스는 기다렸다는 듯 둔기를 내리쳤다.

퍼억. 퍽. 퍽.

"크악!"

"켁!"

그렇게 1년 동안을 얻어맞은 놈들은 그 불지옥에서 빠져나왔다.

다시 멀쩡한 상태로 회의실로 돌아왔지만 균형을 잃은 상태로 비틀거리다가 주저앉고 말았다.

"이게 어떻게 된 거야?"

시계를 보니 딱 1분이 지났다.

"하아, 하아!"

그러다가 우리가 왜 이렇게 되었지? 하며 서한철을 떠올리면 곧바로 바닥이 꺼지며 그 불지옥으로 빠져 들었고 365일 동안 미노타우르스에게 얻어맞는 것을 반복했다.

특히 정만식이라는 놈에게는 미노타우르스의 둔기를 밤송이 같은 철퇴로 바꾸었다.

"크헤에엑! 살려줘!"

인수는 이미 건물을 빠져나온 상태였다.

하지만 딱 한 남자.

최도식은 두 번째 불지옥에 빠져들었을 때 그 불구덩이에서 몸을 빼내 미노타우르스와 정면으로 맞서 싸웠다.

"이런 소새끼가 어디서!"

최도식은 오히려 미노타우르스의 둔기를 빼앗아, 소머리를 내리쳤다.

"죽어! 죽어버려!"

인수가 설정해둔 미노타우르스는 황소괴물이 된 사람으로 이성을 잃고 다른 사람을 해쳐야겠다는 본능만 가지고 있을 뿐이다.

그러니 미노타우르스가 오히려 얻어맞아 힘을 잃고 쓰러지면 마법도 그 힘을 잃어 저주가 풀리듯, 미노타우르스가 다시 사람의 모습으로 바뀌게 되는 것이다.

"이겼다! 내가 이겼어! 어? 이 새끼 뭐야? 사람이었네? 덤벼! 다시 소새끼로 변해서 덤벼보라고!"

최도식은 둔기를 계속 내리쳤다.

그렇게 불지옥에서 미노타우르스를 상대로 365일을 싸워 이겼다.

"크하하하하!"

피 묻은 둔기를 들고서 웃는 그때, 다시 현실로 되돌아왔다.

"이게 어떻게 된 거야? 다들 왜 그래?"

동료들이 구토를 하는 것도 모자라, 머리를 감싸 쥔 채로 비명을 내지르고 있었다.

몇몇은 아직도 불지옥에서 미노타우르스에게 둔기로 머리를 얻어맞고 있었고, 몇몇은 빠져나왔지만 그 후유증으로 인해 구토를 하는 것이었다.

"어떤 새끼가 장난 친 거야?"

"우웨에에엑! 서한철! 서한철을 생각하지 마! 그러면 일어나지 않……. 젠장."

구토를 하며 말한 놈의 표정이 순식간에 일그러졌다.

서한철의 이름을 내뱉자마자, 또 다시 바닥이 꺼지며 불지옥으로 빠져든 것이다.

최도식도 그로 인해 서한철을 떠올리는 그때였다.

"……염병!"

바닥이 무너져 내렸다.

최도식은 또 다시 불지옥에서 무덤에 갇혀 머리만 드러낸 상태였다.

고개를 들어 새카만 하늘을 올려다보니, 역시나 다시 시작되는 카운트다운.

001.

그의 앞으로 미노타우르스가 둔기를 들고서 다가왔다.

쿵쿵쿵쿵.

◇　◆　◇

빌딩을 뒤로하고 걷고 있는 인수가 고개를 갸웃거렸다.

인수는 자신의 마법이 한 놈에 의해 깨지고 있다는 것을 직감한 것이다.

"이놈은 특별히 강도를 더 올려줘야겠어. 2년으로."

인수가 말하며 발걸음을 재촉했다.

트리니티 레볼루션
Trinity
Revolution

제22장. 우식의 우생학

야간자율학습시간.

고요한 정적을 깨며 문이 열리자, 교실 안의 학생들 몇 명이 고개를 들어 앞을 보았다.

태환이와 현석이 안으로 들어오더니 곧장 인수에게로 향했다.

아이들이 소곤거렸다.

현석이 뭘 보냐는 식으로 아이들에게 눈을 부라렸고, 태환이 인수의 앞에 서서 말했다.

"야. 박인수. 우식이 형이 너 데리고 오래."

"영호 잘 있나?"

인수가 동문서답했다.

"내가 1학년 묵바(복학생)가 잘 있는지 어쩐지 어떻게 아
냐?"

"아니, 졸졸 따라다닐 때는 언제고 이제 와서 남이래?"

"따라다니긴 누가 따라다녀?"

태환이 불쾌하다는 듯 내뱉자 인수가 웃음기를 싹 지우
고는 똑바로 보았다.

'힉.'

덩치 값도 못하는 녀석들이었다.

인수의 눈매로 인해 곧바로 꼬리를 내리는 태환.

"잘 있어. 애가 좀 이상해지긴 했는데. 잘 있어. 네가 걱
정한다고 전해줄게."

"그래?"

인수가 씩 웃었다.

"근데 아까 뭐라고?"

"우식이 형이 보자고."

뒤에서 현석이 나섰다.

"왜? 왜 날 보자는 거지?"

"그건 우리보다 네가 더 잘 알지 않을까?"

"내가 뭐?"

"굳이 내 입으로 말해줘?"

"응. 말해봐."

"……"

하지만 현석은 말하지 못했다.

그러자 인수가 태환을 바라보았다.

태환도 역시 입을 꾹 다물고 있을 뿐이었다.

"어쨌든 내가 안 가면 너희들 곤란한 거야?"

"뭐 꼭 그렇다기 보단……. 아, 아아!"

어느새 자리에서 일어난 인수가 태환의 귀를 잡아당겼다.

귀를 잡힌 사람도 놀랐고, 그걸 지켜보는 아이들도 깜짝 놀랐다.

인수의 귀 잡기 실력은 정말 신비로울 따름이었다.

"너도 이리와."

현석이 깜짝 놀라 뒷걸음을 쳤지만, 자기의 의지와는 상관없이 인수의 앞으로 다가와 귀를 대주었다.

"아, 아아! 아픕니다."

"어이구, 이 한심이 한돌아."

진짜 악당들을 지켜보다가 이런 녀석들을 보면 말 그대로 한심하기 짝이 없었다.

"아! 아아! 귀가!"

"귀가 뭐?"

"귀가 찢어질 거 같습니다."

"그럼 찢어지라고 당기지, 붙으라고 당기나?"

"아니, 뭔 말을 그렇게(재미없게) 아, 아아!"

"내가 더 잘 안다는 말이 뭐야? 말해봐."

태환과 현석은 지금 말하지 않으면 진짜 귀가 찢어져버리릴 것만 같았다.

"그게 띠껍다고……. 아, 아아!"

"내가 띠껍다고? 내가 띠꺼워서 손을 좀 봐줘야겠다고?"

"맞습니다."

인수의 반 아이들은 킥킥거리면서도 드디어 올 것이 왔다고 생각했다.

"그래. 너희들도 내가 그렇게 띠꺼워?"

"아닙니다. 나는 아닙니다. 아, 아아!"

"저도 아닙니다. 절대 아닙니다. 놓아주십시오. 부끄럽습니다."

인수는 한심하다는 표정으로 두 사람의 귀를 놓아주었다.

"근데 왜 우식이형이야?"

"아, 그건 그 형 나이가 스물이라서……."

"야자 끝나면 교문 밖에서 보자 그래."

인수의 말에 태환과 현석은 매우 곤란한 표정을 지었다.

"그게……."

인수는 그렇게 쩔쩔매는 태환과 현석을 번갈아보며 씩 웃었다.

'뭐지, 저 웃음의 의미는.'

'설마, 여기서 우릴 때릴 텐가?'

두 사람이 이런 생각을 하고 있는 그때 인수가 말했다.

"우식이는 나보다 너희들을 더 싫어하는데."

태환과 현석도 장우식이 자신들을 얼마나 한심하게 여기는지 잘 알고 있기에 인수의 말에 대꾸하지 못했다.

인수는 장우식과 지나칠 때 화이트존으로 점검에 들어갔다.

미국 명문사립 세인트폴고등학교에 거액의 기부금을 내세워 입학을 시도했지만, 퇴짜 맞았다.

그 뒤로 국내고등학교에서 1학년을 무사히(?) 마쳤지만, 2학년 초 그러니까 이맘때 집단폭행사고를 일으킨 뒤 나이 20살이 될 때까지 놀았다.

단안장애는 새빨간 거짓말.

관심종자에 겁쟁이라서 자신을 보호하는 것과 동시에 과시할 목적으로 단안장애를 핑계로 선글라스를 착용했고, 해피라는 이름의 도베르만을 맹도견이랍시고 교문까지 끌고 다닌다.

아마, 이 사실을 학교 측에서도 아는 사람은 알 것이다.

집안에서는 이미 내놓았건만, 자신이 백학가문의 혈통에서도 가장 뛰어난 유전자를 보유하고 있다며 스스로에게 최면을 걸었다.

못사는 사람들을 이 사회에서 청소해야할 지저분한 쓰레기정도로 인식하고 있고, 사람이 못사는 문제에 있어서 환경의 문제는 싹 빼고 유전자 탓으로만 보는 썩어 빠진 관심종자.

자신이 우수하다면 어떤 분야에서든 실력으로 그것을 보여주어야 할 텐데, 재벌3세라는 것 말고는 보여줄 것이 없다.

남의 머리에 서서 꼭두각시처럼 조정하고 싶지만, 워낙 겁쟁이라 스스로를 보호하기 위해 자신의 논리와는 정반대로 시력장애인 행세까지 하고 있는, 한마디로 답이 없는 쓰레기.

태환이와 현석이는 대놓고 후세를 위해 비만유전자를 없애 자기처럼 날씬한 종으로 개량시켜주겠다고 떠들고 있다.

그것을 연구하고 있는 곳이 바로 백학메디컬이라며.

여기에서 인수는 원인을 알 수 없는 통증으로 인해 정수리가 찌릿했기에, 고개를 갸우뚱했었다.

"백학메디컬이라……."

비만유전자를 바꾸는 임상실험은 뇌수술을 통해 뇌와 호르몬을 건드리기 때문이었다.

이 부분에 관하여 장우식은 더 이상 아는 게 없었다.

그러니 인수는 백학메디컬도 직접 확인해볼 필요가 있다고 생각했다.

놈들이 임상실험을 위해 불법적으로 장기밀매를 할지 누가 안단 말인가.

아무튼 장우식은 전형적인 소시오패스에 가깝기에, 권력이라든지 자신보다 강한 사람들 앞에서는 예절바른 척 엘리트 행세를 하지만, 상대하기 만만한 사람들에게는 180도로 돌변해서 신경질적으로 대하고 마음에 들지 않으면 서슴없이 폭력을 행사한다.

히틀러와 우생학을 신봉하고 인종청소를 못할 바에야 자신이 물려받을 백학메디컬을 통해 사람들의 유전자를 개량시켜주겠다는 잘못된 신념으로 살고 있으며 그것을 자신의 똘마니들에게 일관되게 주장하고 있다.

그 똘마니들을 한심하다는 표정으로 바라보는 인수.

"애들 공부 그만 방해하고 너희들 교실로 가세요."

"우식이형한테 뭐라 그래……."

"아까 말했잖아. 야자 끝나면 교문 밖에서 보자고."

인수가 귀찮다며 손을 휘 젓는 그때, 몇몇 대가 있는 아이들이 일어서서 야유를 하자 태환과 현석은 더 이상 말하지 못했다.

"아, 뭐야? 가서 공부 안 할 거면 잠이나 자!"

"그러게? 왜 남의 반에 와서 공부 방해하고 분위기 망치고 그럴까?"

태환과 현석은 발끈해서 아이들을 향해 욕이라도 내뱉고 싶었지만, 인수가 무서워 욕도 할 수 없었다.

1학년 1학기 때만 해도 이러지 않았는데, 어쩌다 이렇게 되었을까.

끙, 하며 두 사람이 본전도 못 찾고 교실을 빠져나갔다.

"어이구."

이거나 먹어라. 지석이 뒤통수에 대고는 가운데 손가락을 세웠다.

"뭐여, 있을 때는 못하고."

윤철이 그런 지석을 놀렸다.

그러자 지석이 히, 하고 웃었다.

교실이 잠시 조용해졌을 때 윤철이 인수의 옆으로 오더니, 쪽지를 툭 던지고는 자기 자리로 돌아가 앉았다.

인수는 그 쪽지를 펼쳐본 순간, 귀여워서 씩하고 웃었다.

-삼건기업-

언젠가 서한철의 리스트에 들어 있는 제3세대파의 핵심 간부들에 관한 얘기를 했었는데, 윤철이는 무슨 스파이작 전이라도 펼치는 것처럼 대단한 정보랍시고 이렇게 전해준 것이다.

인수가 쪽지를 손에 들고서 윤철의 뒤통수를 보며 웃는 그때, 윤철이 심각한 표정으로 고개를 살짝 뒤로 돌리더니 사인을 보내왔다.

검지로 코와 이마를 만진 뒤, 오케이라며 동그라미를 보내왔다.

인수도 윤철이 하는 짓이 귀여워서 똑같이 따라해 주었다.

무슨 뜻인지는 모르겠지만.

잠시 후, 문이 확 열리며 장우식이 들어왔다.

그 뒤를 이어 3학년 김동철과 그 똘마니들 그리고 이제는 1학년인 영호 그리고 태환이와 현석이가 따라 들어왔다.

"여기 인수가 누구냐?"

장우식이 칠판 앞에서 선글라스를 코끝으로 내리더니, 단춧구멍처럼 작은 눈을 치켜뜨며 아이들을 둘러보았다.

문이 열리고 장우식이 들어올 때, 인수는 곧바로 장우식에게 환영마법을 걸었다.

스르르.

장우식은 인수의 얼굴을 잘 알고 있다.

하지만 교실에 없었다.

그때 인수는 환청마법까지 걸었다.

도망쳤어요!

누군가가 소리쳤다.

"그래?"

장우식은 빈자리가 하나 있는 것을 보았다.

네, 비겁하게 도망쳤어요!

장우식에게만 보이고 들리는 환영과 환청이었다.

"하, 이 자식이 도망쳐?"

장우식이 복도를 보며 말했다.

아이들이 뒤를 돌아보며 웅성거렸다.

뭔 소리야?

인수는 여전히 자기 자리인 창가 맨 뒷자리에 앉아 책을 보고 있기 때문이었다.

진짜 앞이 안 보이나 보구나.

아이들은 짠한 마음도 들었다.

하지만 정말 곤란한 건 장우식의 뒤를 따라온 똘마니들이었다.

저기 있는데 뭔 소리지?

막상 시비 털려고 오긴 왔는데, 아저씨 같은 인수를 직접 보니 우리처럼 무서운 건가?

아니면 이 드립은 뭐지?

이런 놈을 뭘 믿고 따르지?

"저기 있는데요?"

3학년인 김동철도 장우식에게 존댓말을 사용했다.

"어디?"

"저기요, 저기."

장우식은 사시가 된 두 눈에 힘을 빡 주고 집중해서 김동철이 가리키는 자리를 보았다.

하지만 그 자리는 비어 있을 뿐이었다.

"이 자식이. 뭐가 저기 있다는 거야?"

장우식이 김동철을 향해 가운데로 몰린 눈을 위아래로 부라리자 김동철은 어이가 없었다.

"야. 여기 반장 누구야? 가서 인수 찾아와."

"인수가 반장인데……."

장우식의 코앞에서 경석이가 고개를 들고는 말을 흐렸다.

"너. 가서 찾아와."

"저기……."

경석이가 뒤돌아 인수를 가리키는 그때였다.

"더블."

인수의 입에서 또 주문이 흘러나왔다.

인수는 자신의 분신을 만들어 장우식의 앞에 세운 것이다.

그렇게 복도에서 앞문 앞에 나타난 인수가 장우식을 향해 손가락을 까딱거렸다.

까딱까딱.

"어, 나타나셨네. 뭐? 너 거기서!"

인수가 손가락을 까딱거리더니 뒤돌아 가버렸다.

장우식이 어이가 없다는 표정으로 곧장 밖으로 튀어 나갔다.

똘마니들은 그런 장우식의 뒷모습을 보며 멍하니 서 있을 뿐이었다.

특히 영호는 이거 또 뭐가 잘못 돌아가고 있다고 생각하니, 덜컥 겁이 났다.

장우식과 똘마니들이 사라진 교실.

아이들이 모두 다 손가락을 귀에 대고는 뱅뱅 돌렸다.

그때 인수가 풋 하고 웃으며 몸을 일으켜 밖으로 나갔다.

나가기 전 아이들에게 말했다.

"재밌는 놈이네. 어때? 더 재밌어지겠는데. 공부는 잠시 미뤄두고 다들 나가지?"

"아싸!"

아이들이 신이 나서 우르르 몰려 나갔다.

뒤따라나간 인수는 뒤돌아 아이들에게 쉿! 하며 장우식의 뒤를 바짝 따라가 냅다 어깨동무를 했다.

"뭐야?"

장우식은 앞서 가고 있던 놈이 갑자기 뒤에서 나타나 어깨동무를 해오자, 깜짝 놀랐다.

다시 앞을 보니, 없다.

뭐지?

더군다나 힘이 엄청 강해서 이미 제압당한 상태였기에, 그 팔을 어깨에서 떨쳐낼 수가 없었다.

"교문에 해피 와 있나?"

인수가 속삭이듯 물었다.

"당연하지. 이미 대기 중이지."

장우식은 애써 흥분하지 않고 침착하게 말했다.

이미 김 실장을 대기시켰다.

"어, 잘했어."

'잘했어?'

장우식은 이제 인수가 겁을 집어 먹었을 것이라 생각했다.

그래서 혹시나 다른 곳으로 가자고 하면 차를 대기 중인 김 실장에게 전화로 장소를 알려줄 생각이었다.

해피와 김 실장만 있으면 무서울 것이 없었다.

더군다나 김 실장은 태권도, 합기도, 검도, 유도에 무에타이까지 도합 24단이다.

한데, 이 순진한 놈은 그것도 모르고 스스로 무덤을 향해 잘도 가고 있다.

장우식은 뭔가 이상하면서도, 슬슬 죽었던 기가 다시 살아났다.

하지만 여전히 이 무거운 팔을 치울 수는 없었다.

천근만근이었다.

두 다리가 후들후들 떨릴 정도였다.

도무지 이해할 수가 없었다.

등산을 하는 것처럼, 숨이 다 벅차올랐다.

그리고 뒤를 돌아보니 아이들이 우르르 몰려 나왔는데, 어째 자기편은 하나도 없어 보였다.

◇ ◆ ◇

교문 밖.

인수는 여전히 장우식의 어깨에 팔을 두른 채로 김 실장의 앞에 섰다.

아니, 수퍼카 앞에 섰다.

김 실장은 눈칫밥도 구단이기에, 똥 씹어 먹은 표정의 장우식을 보고는 인수에게서 어떤 위화감을 느낀 상태였다.

"일찍 끝났네?"

김 실장이 애써 태연한 척, 장우식의 표정을 다시 살피며 동생에게 묻듯 물었다.

"하아, 하아."

장우식은 대답은 둘째고, 제대로 서 있을 수가 없어 가쁜 숨을 몰아쉬었다.

김 실장에게 뭐라고 도움을 요청하고 싶었지만, 너무 힘들어 숨쉬기에만 급급했다.

"우식. 왜 그래?"

김 실장이 물으며 장우식에게 해피의 목줄을 건네주었다.

한데, 해피가 그 자리에서 낑낑거린다.

도베르만이 이런 모습을 보이는 것은 처음 보았다.

더군다나 장우식은 해피를 다시 만나면 항상 몸을 낮춰 목을 끌어안고는 머리를 쓰다듬었는데 여전히 친구의 어깨동무에 붙잡혀 쩔쩔 매는 것이 아닌가.

방울땀까지 줄줄 흘리며.

"안녕하십니까? 우식이 친굽니다."

인수가 먼저 인사했다.

김 실장이 더 이상 두고 볼 수가 없어 막 나서려던 참이었다.

김 실장은 대답 대신 고개를 좌우로 젖혀 몸을 풀며 그런 인수를 노려보았다.

한데, 이 놈 뒤로 아이들이 우르르 몰려나와 있는 것이 아닌가?

김 실장은 망나니 장우식을 너무나도 잘 알고 있다.

누군가가 어깨동무를 하는 것을 결코 허락하지 않는 녀석이다.

"너⋯⋯."

김 실장의 말이 끝나기도 전에 인수가 장우식의 어깨에서 팔을 풀더니 몸을 낮춰 해피의 목을 끌어안고는 머리를 쓰다듬었다.

해피는 여전히 낑낑거렸다.

맹수보다 더 강력한 인수의 힘을 정확히 간파하고 있기 때문이었다.

장우식은 그런 해피를 보며 어이가 없었다.

"해피!"

자기도 모르게 소리를 내질렀다.

그러자 해피가 겁에 질린 똥개마냥 마구 짖어대기 시작했다.

초점이 흐트러지고 엉덩이가 움츠러들어 주저앉는 것이 겁에 잔뜩 질린 상태였다.

그렇게 짖다가, 자신의 밤 그림자를 보고는 또 깜짝 놀라 짖었다.

"괜찮아, 괜찮아."

인수가 그런 해피를 쓰다듬어주는 그때 김 실장이 허, 하며 뒤에서 그 손을 잡아 꺾기 위해 호신술 13수를 펼쳤다.

쉬리릭!

"어허."

뿌직.

"아, 아아!"

하지만 인수가 그 손을 오히려 잡아 꺾어버리자, 김 실장도 난데없이 밀려오는 끔찍한 고통에 깜짝 놀라 해피처럼 낑낑거렸다.

장우식의 작은 두 눈이 동그래지고 말았다.

"놔, 이거 안 놔? 아악!"

"뭐하는 거야?"

"뭘 하긴! 손!"

"손이 뭐?"

"아니, 손목이 부러질 거 같다고! 시팔! 좀 놔!"

인수가 제압하고 있던 손을 놓아주었다.

고통이 사라지자, 김 실장이 다시 돌변했다. 씩씩거리며 슈트를 벗었다.

"옷을 왜 벗지?"

인수가 여전히 해피의 머리를 쓰다듬어주며 말했다.

"됐고. 우식아. 이 놈 어떻게 할까?"

겁에 질린 장우식이 뭐라고 대답을 하려는 그때였다.

"해피! 물어!"

인수가 해피에게 명령했다.

그러자 해피가 갑자기 돌변해서 김 실장을 향해 컹컹 짖기 시작했다.

"엄마야!"

슈트를 벗던 김 실장은 깜짝 놀라 뒤로 나자빠지고 말았다.

"해피! 왜 그래!"

장우식이 다시 소리치자 충성심이 강한 해피는 어떻게 해야 할지 알 수가 없는 듯 다시 낑낑거리기 시작했다.

또 자기 그림자에 깜짝 놀라 짖다가 그 자리에서 오줌까지 쌌다.

"해피 오줌 쌌쪄?"

인수가 잘했다며 또 해피의 머리를 쓰다듬어주자 해피는 그 짧은 꼬리를 흔들었다.

"이 미친 개새끼!"

장우식은 총이 있다면 해피를 쏴서 죽여 버리고 싶었다.

"뭐하는 거야? 계속 그러고 있을 거야!"

장우식이 김 실장을 향해 소리쳤다.

김 실장은 정신이 번쩍 들었다.

여기서 이대로 어이없게 당하면 자신은 끝장이었다.

트렁크를 열었다.

목검을 빼들었다.

인수의 머리를 향해 칼끝을 세웠다.

고막을 찢을 것만 같은 우렁찬 기합소리!

퍼억.

하지만 인수의 발끝이 김 실장의 명치에 파고들었다.

"커헉. 꺼어어어어어어……."

숨을 쉴 수가 없는지, 엎드린 김 실장의 입술이 흉하게 열렸다.

인수는 양쪽 호주머니에 두 손을 넣은 상태였다.

구경하는 아이들은 하나같이 다 인수의 다리는 참 길 구나, 라고 생각하는 중이었다.

　그때 인수가 김 실장의 머리칼을 움켜쥐고는 고개를 강제로 세웠다.

　"똑바로 봐."

　장우식에게 말했다.

　장우식은 덜덜덜 떨며 일그러진 표정의 김 실장을 보았다.

　"인정 못하겠지?"

　인수가 묻자, 장우식은 재빨리 아니라고 고개를 저었다.

　"당장 위기에서 벗어날 수는 있겠지."

　"아냐. 나 지금 완전 인정해."

　"그래?"

　인수가 붙잡고 있던 김 실장의 머리칼을 놓아주고는 장우식의 어깨에 다시 팔을 둘렀다.

　그 상태로 슈퍼카를 가리키며 물었다.

　"너 쫑 있냐?"

　"뭔 쫑……."

　"뭔 쫑은 운전면허증이지."

　"있지. 내 나이가 몇 갠데. 요트자격증도 있어."

　"그래? 잘됐네. 앞으로 우리 친하게 지내자."

　인수가 여전히 어깨동무를 한 상태로 악수를 청했다.

"그러자."

장우식이 악수를 받았다.

"이따가 우리 좀 집에 데려다 줄 거지?"

"응."

장우식은 인심 쓴다는 듯 고개를 끄덕였다.

"우식아. 우리 친구할까?"

"친구? 와, 나야 좋지."

"그래? 그럼 우리 이제부터 친구다."

"응 친구야."

"자식."

인수는 장우식의 뒤통수를 해피처럼 쓰다듬어주었다.

"너 참 착하구나?"

"응. 내가 좀 착하다는 말을 듣곤 해."

그때 이 광경을 지켜보던 영호가 슬그머니 뒤돌아 도망
쳤다.

"영호."

뒤통수에서 들려오는 인수의 목소리에 영호가 화들짝 놀
라 발을 멈추더니 뒤돌아섰다.

단지 자신의 이름만 불렀을 뿐인데 엄청 무서웠다.

"나, 교실. 공부하려고."

"그래, 열심히 해. 내가 지켜볼 거야."

"응. 고맙다."

뭐가 고맙다는 건지, 영호의 입에서 저절로 튀어나온 말이었다.

영호가 다시 뒤돌아 안도의 한숨을 내뱉으며 빠른 걸음으로 운동장을 가로질러 교실로 들어갔다.

아이들은 그런 영호를 보며 쌤통이라는 표정을 지었다.

"동철이. 넌 들어가서 공부 안 해?"

인수의 말에 영호의 뒷모습을 보고 있던 동철이 화들짝 놀라 똑바로 섰다.

"해야지."

인수가 노려보았다.

이리 오라고 손가락을 까딱거리자, 마법에 걸린 듯 인수의 앞으로 걸어와 귀를 대주었다.

인수는 그 귀를 붙잡고는 잡아당겼다.

찌익.

"아, 아아! 해야죠. 공부해야죠. 열심히 해야죠."

"그래. 어여 들어가. 이번에는 꼴등 면해야지?"

"부끄럽습니다."

동철이는 인수가 귀를 놓아주자, 뒤돌아 도망치며 고개를 갸우뚱거렸다.

왜 나는 저 자식 앞에만 서면 꼼짝을 못하는 걸까?

이 모든 장면이 장우식에게는 충격일 뿐이었다.

    장우식은 여전히 인수의 어깨동무에서 벗어나질 못한 채
쩔쩔맸다.

    그때 김 실장이 호주머니에서 전화기를 슬쩍 꺼내는 것
을 보고는 장우식이 속으로 쾌재를 불렀다.

    "왜 그래?"

    하지만 인수가 김 실장을 보자, 김 실장은 재빨리 호주머
니에서 손을 빼고는 두 손을 앞으로 공손이 모았다.

    그 손에는 전화기가 없었다.

    장우식의 입술이 뒤틀리며 18을 내뱉자, 김 실장은 고개
를 푹 숙였다.

    그렇게 인수는 장우식과 친구를 먹었다.

    그 날 장우식은 직접 운전해, 인수를 제일 먼저 데려다주
었고 다음은 경석이 그리고 다음은 지석이 마지막으로 윤
철이를 내려주었다.

    "인수한테 잘 말해줘?"

    "응. 잘 가. 내일 학교에서 보자. 역시 수퍼카야."

    윤철이 차에서 내려 잘 가라며 손을 흔들어주었다.

    그 시간.

    김 실장은 해피와 함께 교문 앞에서 대기해야만 했다.

    한참 뒤에 장우식에게 전화가 걸려왔다.

    황진이로 튀어오란다.

황진이는 김 실장의 형님이자 국내조폭 복만파의 행동대장 윤남수가 관리하는 룸살롱이다.

"네!"

김 실장은 우식과 사이가 좋으면 형과 동생처럼 지냈지만, 이렇게 주종관계로 돌변했다는 것은 우식에게 가면 맞아 죽는 것이나 다름없었다.

"시팔, 그냥 여기서 뒈져버릴까."

김 실장은 해피를 내려 보았다.

해피는 언제 그랬냐는 듯 똑바로 서 있을 뿐이었다.

◇ ◆ ◇

황진이.

3번 룸 안에서 김 실장은 엎드린 채로 장우식이 내려치는 야구방망이를 견뎌내야만 했다.

퍽. 퍽. 퍽. 퍽.

"으아! 열 받아!"

분이 풀릴 때까지 야구방망이를 휘두르던 장우식이 제풀에 지쳐 야구방망이를 내던지더니 소파에 몸을 눕혔다.

"어떻게 해야 하지? 그놈을 어떻게 죽여야 하지?"

장우식은 혼자 중얼거리다가 미쳐 발광하기 시작했다.

자신의 머리를 쥐어뜯는 것이 자해까지 시도했다.

"우식아! 그러지 마! 내가 미안하다!"

"형이 뭐가 미안해? 응? 뭐가 미안하냐고!"

"내가 책임지고 끝낼게. 응? 내가 끝낼게!"

사람은 끼리끼리 만나는 법.

두 사람이 관계를 계속 유지하는 데에는 다 이유가 있는 것이다.

김 실장 전의 실장 두 명은 말 그대로 일당백을 해내는 위험한 인간들이었지만, 스스로 그만 두었다.

돈이 문제가 아니었다.

장우식이 하는 꼴을 도저히 옆에서 지켜볼 수도 없을뿐더러, 그들이 가진 프라이드로는 장우식의 비위를 맞추기도 힘들었기 때문이었다.

"웃기지 마! 형은 쩁도 안 돼. 아니, 형 같은 사람 백 명이 덤벼도 안 돼."

"에이. 그건 아니다."

"개뿔. 쥐어 터질 때는 언제고."

"그래도 백은 아니지!"

"시끄럽고."

장우식이 잠시 고민 끝에 전화기를 들어 누군가에게 전화를 걸었다.

"누구?"

"쉿."

통화음이 이어지다가 걸렸다.

"박 실장님!"

[무슨 일이십니까?]

"에이, 제가 박 실장님께 꼭 무슨 일이 있어야 전화를 합니까? 우리 사이가 그래요?"

[말씀하시지요.]

"왜 이렇게 반응이 건조해요? 난 엄청 반가운데."

[저도 반갑습니다.]

"흠. 일단 만나서 얘기하죠?"

[먼저 말씀하세요.]

"에이, 진짜. 요즘 어떻게 지내십니까?"

[잘 지내고 있습니다.]

"다름이 아니라. 제가 좀 부탁드릴 일이 있어서."

장우식이 반대쪽 귀를 후볐다.

[무슨 부탁인지 모르겠지만, 저 요즘 학생들 지도하고 있습니다.]

"에헤, 코흘리개 애들 가르치면 돈도 안 되겠네요."

[코흘리개들이 아니라 경찰대학생입니다.]

"……아 그래요."

잠시 대화가 끊겼다.

"뭐 알겠습니다. 대한민국 경찰들 잘 지도하세요."

우식이 먼저 전화를 끊었다.

"되는 일 하나도 없네."

"나한테 맡기라니까."

"아, 형은 됐다고."

그렇게 옥신각신하고 있는데, 윤남수가 들어왔다.

김 실장은 윤남수에게 오늘 있었던 일을 이야기하며 분을 삭이지 못했고, 윤남수가 좋은 방법을 알려주었다.

"고삐리들이야 이런 데 한 번 데리고 오면 그냥 알아서 기는 거지 뭐. 옛날 생각나네. 나도 철없을 때 앞뒤 안 가리고 까불다가 그랬었거든. 여기 앉혀놓고 우리 애들 데려다가 자네 뒤에 좀 세워. 어지간히 깡 좀 있는 애들도 오줌 질질 지리지."

윤남수가 킥킥거렸지만, 우식은 어처구니가 없다는 표정을 지었다.

"윤 사장님."

"응?"

"내가 양아치야?"

"우식아."

김 실장이 즉시 주의를 주었지만 윤남수의 표정이 순간 일그러졌다.

내가 또 무슨 비위를 잘못 건드렸나.

속에서부터는 18이 솟구쳐 올라왔지만, 밖으로는 토해내지 못하는 윤남수였다.

"하여튼 양아치들 생각하는 수준하고는."

우식은 윤남수를 노려보며 말했다.

윤남수는 후, 하며 치밀어 오르는 울화를 집어삼켰다.

"하여튼 쓰레기 유전자는 절대로 안 바뀐다니까. 나한테 좋은 생각이 있으니까 거 괜찮은 애들로 10명 정도 준비해 주쇼."

"그러지."

윤남수는 마지못해 대답했다.

우식은 앞으로 자신의 계획이 실행되는 것이 생각만 해도 좋은지 입가에 비열한 미소가 저절로 번졌다.

◇　◆　◇

경부고속도로.

부산 수영만 요트경기장으로 가는 길.

우식은 직접 수퍼카를 운전했고, 옆자리에는 인수가 뒷좌석에는 윤철, 지석 그리고 석태가 나란히 탔다.

이 손님들을 우식은 직접 집을 찾아 돌며 한 명씩 다 태웠다.

새벽 5시부터 일어나서.

"장 기사님! 볼륨을 높여주세요!"

윤철이 우식을 운전기사취급하며 신이 나서 소리쳤다.

"오케바리!"

장우식이 볼륨을 높였다.

쿵짝쿵짝.

"와, 사운드 장난 아니다."

"역시 수퍼카야."

"장 기사님! 최곱니다!"

"맘에 들어? 가면 더 끝내줘. 내가 너희들을 위해서 많은 준비를 했다. 다들 깜짝 놀라지나 말아라."

"알지, 알지!"

"야호!"

윤철이 창문을 활짝 열고는 야호를 외쳤다.

"야. 아까 새우깡 샀잖아."

지석이 말하자, 석태가 봉지를 뒤져 새우깡을 꺼내 찢다가 와르르 쏟았다.

"아이쿠! 다 쏟았네."

순간 장우식이 끄응, 하며 뒤를 돌아보았다.

단 한 번도 차안에서 뭘 먹어본 적이 없는 우식이었다.

그만큼 차를 깨끗하게 사용했다.

근데 저 쓰레기들이 과자부스러기를 뿌리다니.

"운전 똑바로 해. 앞에 봐, 앞에."

그때 조수석에서 인수가 말하자 우식은 재빨리 다시 운전에 집중했다.

"응."

우식은 자기도 모르게 속도를 높였다.

"어허, 160이 뭐야. 천천히 가. 정속운행. 사고 나면 어쩌려고."

"응. 알았어."

수퍼카는 그렇게 정속운행으로 달려 부산에 도착했다.

◇ ◆ ◇

부산 수영만 요트경기장.

"우와! 우와! 우와!"

윤철이 정박된 요트들을 바라보며 계속 비명을 토해냈다.

다른 손님들은 줄을 서서 기다리는데, 장우식은 인수와 친구들을 준비된 요트로 안내했다.

서머모닝. 14인용 요트였다.

수염이 덥수룩한 선장이 반갑게 맞아주었다.

"어서 오십쇼!

그때 갑판에 똑같은 얼굴의 여자들이 모여 있었다.

모두 다 몸매만 보면 모델 뺨치는 애들이었다.

"너 요트자격증 있다며?"

인수가 요트에 올라타며 우식에게 물었다.

"나도 즐겨야지."

"한 잔 하려고?"

"당연한 거 아냐? 우리 선장님이 떠주는 소라가 얼마나 끝내주는데."

우식이 뒤에서 인수에게 어깨동무를 해왔다.

그러자 인수가 얼굴에서 웃음을 싹 거두었다.

약만 하지 마라. 그런 눈빛이었다.

'힉!'

장우식이 화들짝 놀라서 그 손을 거두었다.

"오, 모두 안녕?"

인수가 갑판의 여자들을 향해 반갑게 손을 흔들며 다가갔다.

"안녕!"

여자들도 인수를 향해 손을 흔들며 자기 옆으로 오라며 자리를 내주었다.

인수가 여자들의 얼굴을 보니, 다들 똑같이 생겼다.

쌍꺼풀 수술로 인형처럼 동그란 눈도 똑같고, 들린 코와 동그란 콧구멍에 보형물을 집어넣어 억지로 잡아둔 코도 똑같고 깎은 턱과 유난히 도톰한 아랫입술도 똑같았다.

거기에 쭉 빠진 몸매에 시폰 소재의 나풀거리는 원피스를 입은 모습이 다 비슷해 성괴라는 말이 떠올랐다.

한데, 그중에 딱 한 명.

인수는 이들과 다른 얼굴을 보았다.

다들 성괴처럼 같은 얼굴 속에 진짜가 있었던 것이다.

"다들 같은 곳에서 손봤나봐? 얼굴이 다 똑같아."

인수가 말하자, 그 여자가 풋 하고 웃었다.

"어머, 우리오빠는 굳이 꼭."

한 여자가 애교를 떨며 인수에게 팔짱을 껴왔다.

윤철이를 비롯한 친구들은 모두 다 얼떨떨해서 입을 꾹 다물고만 있을 뿐이었다.

"자, 출발합니다! 저는 이 배의 선장 곽춘석이라고 합니다. 우리 귀하신 손님 여러분 지금부터 제가 모두 안전하게 모시겠습니다."

"출발!"

여자들은 이런 생활이 매우 익숙해보였다.

여자들이 입을 모아 소리치자, 엔진소리와 함께 배가 출발했다.

해운대를 배경으로 멋진 풍경이 펼쳐졌다.

인수와 친구들은 모두 다 풍경에 취해 시원함을 만끽하고 있는데 장우식은 바빠지기 시작했다.

"자자, 우리가 자기소개도 하고 그래야지."

우식의 주도로 각자 자기소개를 시작했고, 짝을 이루었다.

인수의 짝은 최지민.

서울예대 영화과 03학번으로 유일하게 성형을 하지 않은 얼굴이며 우식이 눈치껏 나서서 짝을 이루어주었다.

"자, 우리 BH엔터테인먼트에서 올해 하반기 마지막 작품으로 계획 중인 사극이 있거든? 여기 최지민은 거기에서 아주 비중 있는 연기를 하게 될 거야."

"사인 받아."

최지민이 풋, 하고 웃으며 장우식의 말에 장단을 맞춰주었다.

다른 여자들도 따라서 웃었다.

하지만 인수의 기억에 이런 영화배우는 전혀 없었다.

아무리 인수가 삶에 지치고 먹고 사는 문제가 힘들었어도, 남들 다 아는 여배우라면 인수라고 모를 리가 없었다.

첫 작품에서 실패했던지, 아니면 첫 배역조차 따내지 못하고 묻혔던지.

어쨌든 인수의 기억에는 없는 여자였다.

그리고 장우식에게 빌붙어 사는 것을 보면 속물은 분명 속물이 맞는데, 성형하지 않은 예쁜 얼굴과 몸매가 아까울 뿐이었다.

넓은 바다로 나가자, 선장이 요트를 멈추었다.

선장이 주방으로 들어가 과일과 음식을 준비하는 동안 우식이 카메라를 들고 설쳐댔다.

"자, 김치!"

찰칵, 찰칵.

우식은 고가의 카메라로 사진을 열심히 찍어주었다.

"야! 쟤 이름이⋯⋯."

"윤철이."

"그래, 윤철이! 너 뻣뻣하게 그게 뭐냐? 어깨 둘러. 그렇지!"

윤철이가 머뭇거리자 파트너가 썩은 미소를 날리며 팔짱을 끼어왔고, 윤철이 그 속도 모르고 여자의 어깨에 팔을 둘렀다.

진한 향수와 화장품냄새 그리고 나풀거리는 옷과 머릿결이 윤철이의 남성을 자극했다.

찰칵, 찰칵.

인수와 친구들은 어색하기 짝이 없었지만, 여자들은 카메라 앞에서 자세를 취하는 것도 매우 자연스러웠다.

다른 여자들보다 더 흥이 난 건 최지민이었다.

최지민은 이 녀석, 저 녀석 가리지 않고 자연스럽게 팔짱을 끼었고 애교를 떠는 것이 스킨십이 과할 정도였다.

"뭐야, 이 오빠 왜 이렇게 굳었어?"

윤철이는 아랫도리가 불끈해져오자 몸까지 딱 굳었다.

그런 모습을 보고 최지민이 윤철의 어깨를 탁, 치며 놀렸다.

"저 오빠 아닌데요. 누님."

"아, 몰라. 나는 다 오빠야."

잠시 후, 갖가지 셀러리와 과일 그리고 회를 비롯한 산해
진미가 깔렸다.

선장은 장우식부터 고급와인을 따라주었다.

잔이 다 채워지자 장우식이 건배를 제안했다.

"자, 지금부터 우리에게 내일은 없다."

"내일은 없다!"

최지민을 비롯한 여자들은 매우 익숙했다.

다들 입을 모아 소리치며 와인을 즐겼다.

"먹고 죽자!"

힙합음악이 울려 퍼졌고, 우식이 래퍼처럼 랩을 따라했
다.

여자들이 꺅! 하며 환호성을 터트렸다.

다들 음악에 몸을 맡기고 흔드는 것이 자연스러운 반면
에, 인수와 친구들은 숙맥으로만 보였다.

와인은 또 왜 이렇게 꼴짝꼴짝 들어간단 말인가.

그렇게 신나게 노는 그때 장우식이 자꾸 주변을 둘러보
기 시작했다.

그리고 장우식의 말투가 조금씩 바뀌었다.

살짝 쌍시옷이 들어가며 거칠어지기 시작한 것이다.

인수는 속으로 웃음이 터져 나왔다.

지금 뭔가 믿고 있는 구석이 있는 것이리라.

역시나 왼쪽에서부터 또 하나의 요트가 다가오는 중이었
다.

점점 더 가까워지는 것을 본 장우식이 선장에게 손짓했
다.

그러자 음악이 딱 꺼졌다.

음악에 몸을 맡기고 춤을 추던 여자들이, 음악이 꺼지자
모두 얼굴에 의문표를 남겼다.

"박인수."

그때 우식이 분위기를 잔뜩 잡고는 인수를 불렀다.

"어."

"지금 좋아?"

"어. 좋은데?"

"그래. 네가 좋다니 나도 좋다."

장우식이 왼쪽에서 다가오고 있는 요트를 보며 잠시 말
을 멈추었다.

검은 정장을 입은 남자들 10명이 거기에 있었다.

그리고 그 앞에는 김 실장이 있었다.

"보이냐?"

"저 배? 네 꺼야?"

우식이 어처구니없다는 표정으로 웃었다.

"박인수. 아직도 모르겠어? 지금 뭐가 중요한 거 같아?"

"글쎄다. 난 저 배가 누구 것인지가 중요한 거 같은데."

두 사람의 대화로 인해, 그리고 점점 가까워지고 있는 요트와 거기에 탄 10여명의 남자들로 인해 윤철과 친구들은 슬슬 두려움에 휩싸이기 시작했다.

그러면 그렇지. 처음부터 뭐가 어쩐지 이상했다고 생각했다.

장우식은 지금 이 순간을 위해 이빨을 감추고 있었던 것이다.

"박인수. 잘 들어. 난 지금 여기서 심각한 쓰레기를 치울 거야. 하지만 그 전에 쓰레기들에게도 기회를 주겠어."

"기회는 무슨 기회야. 쓰레기는 치워야지."

"지금 내 말을 못 알아듣는구나. 난 쓰레기를 치운다고. 하지만 험한 꼴 당하고 치워질 것인지, 아니면 적당히 치워질 것인지는 네가 하기에 달렸어. 내가 기회를 준다는 건 바로 이 말이야."

장우식이 이죽거렸다.

최지민과 여자들은 분위기가 험악해지자, 긴장하기 시작했다.

장우식은 잘 놀다가도 뭐가 틀어지면 자신들을 함부로 대하며 폭력적인 모습으로 돌변했기 때문이었다.

"아니. 저 배가 누구 거냐고."

인수의 넉살 가득한 질문에 장우식은 어이가 없었다.

"내 꺼다."

장우식이 옆으로 고개를 돌려 김 실장에게 손짓했다.

"김 실장! 어서와, 이 쓰레기들 다 치워버려!"

장우식이 목청을 높여 김 실장이 들으라고 소리치는 그 때였다.

인수의 입술이 열리며 나지막한 목소리가 새어나왔다.

"익스플로젼."

그와 동시에 인수의 두 손가락이 밑에서 까딱거리는 순간!

쾅!

다가오던 요트가 미사일이라도 맞은 것처럼 요란한 소리와 함께 터져버렸다.

"끄악!"

김 실장을 비롯한 10여 명의 남자들이 폭발로 인해 사방으로 흩어져 날아가 바다에 풍덩 빠졌다.

물기둥이 솟구쳐 올라왔다.

그 폭발로 인해 바다가 출렁거렸고, 요트를 즐기던 주변의 많은 사람들이 깜짝 놀라 방향을 틀었다.

장우식은 턱이 저절로 벌어진 상태로 멍하니 바라보기만 했다.

지금 눈앞에서 일어난 일을 빤히 보고 있으면서도 믿어지지가 않아 입을 다물지 못한 채 두 눈만 깜박거렸다.

부서진 요트와 그 잔해들.

그리고 그 옆에서 살려달라고 아우성치는 김 실장과 수하들.

"야, 우식아. 니 배 폭발했다. 어쩌냐?"

인수가 소라를 초장에 발라 먹으며 말했다.

꿀꺽.

우식은 이제 침이 저절로 삼켜졌다.

지독한 겁쟁이인 만큼, 방금 전에 인수에게 자신이 무슨 짓을 했는지를 빨리 기억해내야만 했다.

하지만 머리가 딱 굳어 그 어떤 생각도 떠오르지가 않았다.

"이렇게 가만히 있으면 어떡하나. 사람들 구해야지. 선장님? 선장님 뭐하세요?"

인수가 선장을 부르자, 선장도 깜짝 놀라서 멍하니 있다가 정신을 후딱 차렸다.

선장이 구조튜브를 먼저 던지며 지시하자, 지석과 석태도 따라서 구조튜브를 던졌다.

김 실장을 비롯한 검은 슈트의 남자들이 한 명씩 구조되었다.

다행히도 인명피해는 없었다.

하지만 모두 다 물에 빠진 생쥐처럼 불쌍하기 짝이 없었다.

트리니티 레볼루션
Trinity
Revolution

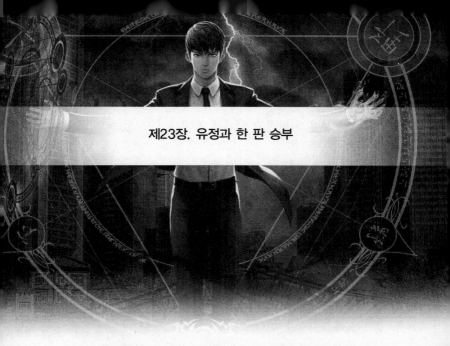

제23장. 유정과 한 판 승부

요트폭발사건이 있은 뒤 인수의 파트너였던 최지민이 연락을 해왔다.

장우식의 지령을 받은 것이다.

"놈은 분명 뭔가가 있어. 지금부터 네가 할 일은 그걸 알아내는 거야."

"그 뭔가가 뭔데?"

"말했잖아. 그 뭔가를 네가 알아내라고. 틀림없이 뭔가가 있어."

"아 그 뭔가가 뭐냐고."

"아 나도 모른다고! 가서 알아내라고!"

"알았어……."

나이는 20세.

일명 장우식의 여자로 옷과 화장품을 비롯한 용돈까지 많은 부분을 지원받고 있기에 거절할 수도 없는 입장이었다.

하지만 인수라는 놈에게 달라붙어 도대체 뭘 알아오라는 것인지.

어쨌든 지민은 우식에게 인수의 연락처를 받고 전화를 걸었다.

하지만 인수는 전화를 받지 않았다.

그래서 문자를 남겼다.

-오빠. 나 지민. 연락 좀 줘-

인수는 문자를 보았다. 그냥 그렇게 보고만 말았다.

전화기를 침대에 던졌다.

그러자 10분 뒤, 또 문자가 날아왔다.

-울 오빠 지민이 문자보면 곧바로 전화주기-

인수는 일부러 문자를 확인하지 않았지만, 윤철에게 전화가 걸려와 받는 과정에서 문자가 온 것을 확인했다.

윤철은 유정을 진심으로 걱정했다.

[그 뒤로 나는 그렇게 얘기를 할 수밖에 없었어. 아는 건 죄다 말했지. 그때 너는 없고, 그 자리에 우리 둘 다 뭐에 홀린 것처럼 있었으니까.]

인수는 그냥 잠자코 윤철이 하는 말을 들었다.

[아빠에 대해서 알고 난 뒤부터 유정이 그 녀석 마음 독하게 먹은 거 같아. 오늘도 체육관에서 하루 종일 운동만 할걸?]

"그럼 뭐가 걱정인데? 뭐 자기가 해야 할 일을 찾은 거 아냐?"

인수는 당시 두 사람의 기억 속에서 서한철과 관련된 기억들을 지웠다.

충분히 다른 길을 갈 수도 있는 두 사람이 혹시나 다치게 될까봐 걱정하는 마음에서였다.

문제는 윤철이 유정의 부탁으로 새 아빠가 될 사람인 박재영을 다시 알아보는 과정이었다.

결국 신약과 함께 서한철의 기록을 또 찾아낸 것이다.

유정과 윤철은 인수가 삭제시켜버린 기억을 되찾는 과정에서 서로의 관계가 돈독해졌고, 유정은 인수가 지워버린 기억을 다시 알게 되었다.

"또 지워야 하나?"

서유정.

어차피 누군가의 사냥개가 된다면, 차라리 끌어안는 쪽을 택해야 할 것이다.

인수는 집을 나섰다.

◇ ◆ ◇

무에타이 체육관.

인수가 안으로 들어서자, 후끈한 열기가 확 전해져왔다.

사각 링 안에서 시합 중이었는데, 한 선수가 정신을 못 차리고 얻어맞더니 하이킥에 머리가 꺾이며 넉 다운 당했다.

원투 펀치와 턱을 노리는 훅 그리고 미들 킥을 주로 한 콤비네이션공격을 이어가다가 끝내기 하이킥을 날린 선수는 바로 유정이었다.

검정색 탱크 브라에 말총머리를 하고선 보호구조차 착용하지 않은 유정이 상대선수가 쓰러지자, 싱겁다는 표정으로 링 줄을 붙잡고는 구경꾼들에게 소리쳤다.

입안에 마우스피스를 물고 있어서 발음이 정확하지 않았다.

"선배! 거기 김 선배! 뭘 못들은 척해? 올라 와요!"

유정이 글러브를 착용한 손을 까딱거리자, 김 선배라는 선수는 고개를 설레설레 저었다.

그때 유정이 입구에 서 있는 인수를 발견하고는 입꼬리가 씩 올라갔다. 두 눈동자는 광기에 젖은 듯 초점만 또렷이 보였다.

"박인수!"

출렁, 유정이 링 줄에 몸을 맡기며 반가워서 소리치자, 모두가 고개를 돌려 인수를 보았다.

"올라와."

유정이 손을 까딱거리자, 인수가 씩 웃었다.

자신을 바라보는 사람들에게는 고개를 숙여 인사를 나누었다.

"사범님, 저 녀석 보호구랑 글러브 좀 챙겨주세요."

유정이 말하자, 사범이 인수에게 다가왔다.

"운동 좀 했어…요?"

사범은 나이가 32세이다.

유정이 친구처럼 반말을 하니, 당연히 유정의 친구라고 생각하고 말을 편하게 했다가 다시 보니 자신보다 연배가 높아 보여 말을 높였다.

"아뇨. 저 운동을 한 게 없습니다. 저 유정이 친굽니다. 말씀 편하게 하세요."

"아……. 그래. 유정아. 운동을 안 한 사람이랑 뭔 시합을 뛴다는 거야. 다쳐. 안 돼."

"사범님, 저 자식 그 정도 아니거든요?"

"안 돼. 허락 못해."

"아 됐고요, 박인수. 올라 와. 도망치지 말고."

"……."

사범이 인수를 불쌍한 눈으로 보았다.

"안 돼. 우리 체육관 등록된 사람이 아니면 허락할 수 없어. 사고 나면 난 책임 못 지거든."

"아 진짜! 보호구 착용하면 될 거 아냐!"

유정이 링 안에서 소리치자, 인수가 웃으며 말했다.

"저 녀석 버릇 좀 고쳐줄 필요가 있어 보이네요."

버릇을 누가 누구를 고친다는 거야.

사범은 콧방귀를 뀌었다.

"난 진짜 책임 못 진다고 말했어. 병원비 한 푼도 지원 못해. 보험문제도 마찬가지고."

인수가 응하자, 사범이 보호구와 글러브를 챙겨주며 말했다.

이걸 불쌍해서 어쩌나……. 하는 표정이었다.

"특히 이걸 잘 차야 돼."

사타구니 보호대였다.

"저 녀석 우리 남자들을 다 고자로 만들려고 환장한 녀석이거든."

"네, 네."

인수는 말 잘 듣는 학생처럼 사범이 챙겨주는 보호구를 머리부터 사타구니에 이어 정강이 보호대까지 다 착용했다.

유정은 인수의 그런 모습이 웃겼다.

"영차."

인수가 어기적거리며 링 줄을 붙잡고는 사각의 링 위로 올라섰다.

그러자 유정이 턱을 벌리며 오물거리더니 자신의 마우스 피스를 꺼내 인수에게 건네주었다.

"어우 더러워."

"이빨 나간다. 물어라."

"싫어. 너나 해. 어디서 드러운 걸."

"후회하지 마라."

"뭐. 적당히 하라고."

인수가 엄살을 떨자, 유정이 마우스피스를 다시 물고는 두 손을 모아 정중하게 인사했다.

인수도 따라서 인사를 하자, 유정이 한 손을 내밀었다.

인수가 그 주먹에 자신의 주먹을 받아쳤다.

땡!

그렇게 경기가 시작되었다.

매섭지만 지금 이 순간을 즐기고 있는 유정의 눈빛.

늘씬한 다리는 미세한 근육으로 섬세했다.

탱크 브라를 통해 드러난 근육질 어깨와 팔뚝은 제대로 된 상대를 만난 것이 너무나도 반갑다는 듯 꿈틀거렸고, 얼굴은 희열로 가득 차 입꼬리가 씩 올라갔다.

쉭쉭.

말 그대로 주먹이 바람을 가르는 소리를 내며 인수를 위협했다.

'오!'

인수의 몸도 빠르게 반응했다.

지금까지 인수와 붙어본 사람들은 하나같이 다 한심할 정도로 주먹이 느렸다.

느려도 너무 느려 터졌었다.

하지만 지금 유정의 주먹은 그들과 비교조차 할 수가 없을 정도로 빨랐다.

콤비네이션공격이 이루어지면 굉장히 위협적일 정도였다.

하지만 그렇게 퍼부을 때면 반드시 빈틈이 보였다.

오른발 종아리.

콤비가 이루어지다가, 왼발 킥이 먹히지 않으면 유정은 반드시 또 한 번 킥을 날렸다.

그때 무게중심을 지탱하고 있는 오른발 종아리에 커다란 구멍이 생겼다.

인수는 팔로 얼굴을 보호하며 그 킥을 받는 것과 동시에, 슬쩍 다리를 뻗어 그 종아리의 오금을 찍어버렸다.

유정이 하이킥을 날린 순간 자신의 발이 꺾이자, 휘청거렸다.

어이없는 표정과 함께 옆으로 무너질 것 같더니만 재빨

리 균형을 잡고는 뒤로 물러섰다.

"오."

구경꾼들은 모두 다 감탄했다.

콤비를 날리는 유정의 균형을 가볍게 무너뜨리니 다들 놀라울 수밖에 없었다.

"쳇!"

이제 유정은 조심스럽게 접근해왔다.

한데, 인수는 엉성하게 서 있는 것 같지만 빈틈이 하나도 보이지 않았다.

이런 경우는 처음이었다.

사범과 링 안에 갇혀서 끝장을 보면 결국엔 틈이 보였고, 공략을 하면 사범에게도 자신의 공격이 먹히는 정도였다.

그렇기에 사범도 유정을 무시하지 못했다.

유정은 하나씩 풀어나가기 위해 툭툭 잽을 날렸다.

가볍게 킥도 날렸다.

탁, 탁.

인수는 글러브를 착용한 손바닥으로 그 킥과 주먹을 가볍게 받아쳐냈다.

그러다 힘이 충전되면, 유정은 터트려야만 했다.

또 다시 콤비네이션이 이루어졌다.

원투, 원투에 턱과 명치를 노리는 훅 그리고 미들킥과 하이킥이 연쇄적으로 이어졌다.

그리고 그 공격이 충격을 주지 못하자 다시 또 하이킥이 날아온 순간, 인수는 마찬가지로 같은 곳의 구멍을 발견하고는 유정의 그 종아리를 발로 툭 찼다.

이번에는 좀 깊게 찔렸다.

역시나 유정은 그대로 무릎이 꺾여 주저앉으면서도 균형을 잡기 위해 계속 뒤로 물러났다.

이제 인수는 그런 유정을 쫓아갔다.

유정은 인수가 따라오는 것을 보고는 두 손을 올려 가드를 취했지만.

퍽.

인수의 스트레이트가 정확하게 유정의 이마에 박혔다.

유정은 링 줄에 몸을 맡겼다가 다시 튕겨 나왔다.

인수의 스트레이트가 꽂혔을 때 눈이 번쩍한 것이 앞이 잘 보이지 않았다.

그래도 감각으로 몸을 숙이며 들어와 훅을 노렸다.

인수가 자신의 턱을 노리며 들어온 유정의 훅 공격을 오뚝이처럼 몸을 뒤로 눕히며 무산시켰다.

"이익, 젠장!"

유정은 다시 또 콤비네이션 공격을 시도했다.

더 빠르고 치밀하게 퍼부어댔다.

하지만 역시나 또 그 구멍.

인수는 그 종아리를 발로 툭 걷어찼다.

하지만 사람은 반복학습을 하는 능력이 있다.

유정은 특히 그 능력이 빠르고 높았다.

유정이 그런 인수의 발을 손으로 붙잡은 것이다.

"오."

인수가 감탄했다.

한 발로 폴짝폴짝 뛰었다.

유정은 인수를 넘어뜨리기 위해 발을 걸며 밀었다.

인수가 넘어가지 않기 위해 유정의 팔을 붙잡고 버텼다.

"이익!"

하지만 그것도 잠시, 뜻대로 되지 않자 유정이 인수의 붙잡은 발을 옆으로 치워버리며 빠른 속도로 파고들어왔다.

인수는 당황했다.

유정과 몸이 밀착될 때 묘한 자극을 받았고, 이어지는 팔꿈치 공격은 무시무시했다.

스치기만 해도 중상이라는 말이 떠오를 정도였다.

몸이 밀착되었을 때 팔꿈치 공격이 이렇게 효과적이라는 것도 새삼 느꼈다.

물론 유정의 특기일 것이다. 아니면 필살기.

마치 팔딱거리는 연어를 껴안고 있는 기분이었다.

이 연어를 놓치면, 날카로운 지느러미에 눈 밑이랑 콧대가 다 찢겨지고 부러질 것만 같았다.

진짜 무서운 아이였다.

몸이 타고 났다.

반응하는 육체의 속도는 고도로 훈련된 사람도 따라올 수가 없는 정도였고, 몸 그 자체가 흉기와도 같았다.

몸과 몸이 밀착되어 보니 알겠다.

이 녀석은 몸이 흉기다.

인수도 덩달아 유정을 꽉 껴안을 수밖에 없었다.

"놔, 안 놔?"

"잠깐만, 잠깐만."

구경하는 사람들은 묘한 분위기를 느꼈다.

유정의 작은 머리가 인수의 품안에서 벗어나지를 못했다.

사실 인수가 땀으로 범벅인데다가 심장이 뜨겁게 뛰는 여자를 이렇게까지 꽉 껴안아 본 것은 세영 말고는 유정이 처음이었다.

그리고 그 느낌이 정말 다르다는 사실에 자신도 놀라는 중이었다.

면도칼이 지느러미로 장착된 힘찬 연어를 안고 있는 기분이란.

그렇게 곤란하지만 놓아줄 수가 없었다.

"꽉, 물어버린다?"

"아니, 잠깐만."

인수가 여전히 유정을 놓아주지 않고 있는 그때 다행히도 종이 울렸다.

땡!

인수는 도망치려면 지금 도망쳐야 한다고 판단했다.

이 괴물 같은 녀석은 앞으로도 15라운드를 똑같이 뛸 수 있는 녀석이 틀림없기에.

"유정아, 오늘 진짜 반가웠다."

"뭐하자는 거야?"

인수가 재빨리 글러브를 벗고, 머리의 보호구를 벗어 던졌다.

그리고 정강이보호대도 풀었다.

그러니 사타구니 보호대만 남았다.

사실 유정을 껴안고 몸싸움을 할 때의 자극으로 인해 살짝 커져버린 남자의 중요한 그곳을 가리고 있는 중이었다.

사범이 경기를 계속 보고 싶어서 말했다.

"어, 왜 가운데만 안 풀고 그러고 있어? 포기야? 수건 던져줄까?"

"아니요. 다시 하겠습니다."

인수는 다시 보호구를 착용했다.

그렇게 유정과 끝장을 보았다.

인수는 곤욕이었지만, 유정에게는 인생최고로 행복했던 날이었다.

◇ ◆ ◇

체육관에서 빠져나와 나란히 길을 걷는 두 사람.

"장난 아닌데."

인수는 광대뼈가 따끔하다며 엄살을 떨었다.

팔꿈치로 몇 번 스쳤는데 무시무시했기 때문이었다.

"엄살떨기는."

"엄살 아니라니깐."

"어디 봐."

인수가 멈추어 서자, 유정이 까치발을 하고는 인수의 광대뼈에 호, 하며 입김을 불었다.

"쎼쎼. 이제 안 아프지?"

인수는 그런 유정의 마음이 싫지 않았다.

오히려 큰일이었다.

유정이 매력적인 여자로 보이는 순간이었다.

트리니티 레볼루션
Trinity
Revolution

제24장. 맛있다

송월여고, 2학년 3반.

민숙이 옆에서 답답해 미쳐버릴 지경이었다.

세영이 멍한 것도 모자라, 뭘 물어보면 대답은커녕 자신을 멀리 밀어내기 때문이었다.

"도대체 왜 그래? 말을 좀 해봐!"

"그냥 혼자 있고 싶으니까 날 좀 내버려둬. 제발 부탁이야."

"진짜 미치고 환장하고 팔짝 뛰겠네."

세영은 민숙의 말이 하나도 귀에 들어오지 않았다.

도대체 다 뭐란 말인가?

틀림없는 인수였다.

환영을 정리해보면, 인수가 남편인거고 무슨 이유인지 모르겠지만 자신과 인수는 병원에서 굉장히 큰 어려움에 처해 있는 것이 틀림없었다.

단지 그것이 환영으로 시작해서 환영으로 끝나는 것이라면 아무런 문제도 되지 않겠지만, 그것이 불행하게도 앞으로 다가올 미래의 모습이라면 이것은 큰일이었다.

"일단은 만나봐야겠어."

하지만 아무것도 모르고 있는 인수에게 무엇부터 뭘 어떻게 설명해야할지 난감했다.

그래도 다행이라면 다행인 게 인수는 도서관 길목에서 자신이 겪은 일을 목격했기에 이 모든 것을 부정하지는 않았었다.

오히려 자신의 말을 잘 들어주었고, 함께 문제를 해결하기 위해 적극적으로 도와주었다.

세영은 수업이 끝날 때까지 생각을 정리했다.

그런 끝에 내린 결론은, 어쨌든 먼저 연락을 하자였다.

하지만 세영은 전화기를 손에 든 채로 한동안 망설였다.

여전히 머리가 복잡했다.

그래서 나름대로 알아보았다.

여러 가지 가능성을 열어두고 싶었다.

그 중에 평행우주이론은 세영에게 위안을 주었다.

만약에 평행우주이론처럼 또 다른 평행세계의 나라
면……. 그리고 또 다른 인수라면.

환영에서 너를 보았다는 말은 굳이 하지 않는 쪽이 낫다
고 판단했다.

그건 그 세계일 뿐.

우리가 살아가고 있는 이 우주에서는…….

우리가 부부가 될 리가 없고 또 그런 끔찍한 일도 일어나
지 않을 테니까.

◇　◆　◇

띵동.

모니터를 보니 피자가 보였다.

"뭐야?"

인수가 퉁명스럽게 묻자, 밖에서 웃음소리와 함께 피자
가 내려가더니 윤철과 유정의 얼굴이 보였다.

"하, 저 자식. 이거 이러다 우리집 애들 아지트 되겠네."

인수는 문을 열어주었다.

"피자먹자!"

윤철이 다짜고짜 피자를 앞세워 들어오며 식탁부터 찾아
앉았다.

"집들이 안 해?"

"집들이 같은 소리하고 있네."

"아 뭐야. 혼자 이렇게 좋은 데서 살고. 부럽다."

유정은 부러운 눈으로 집안 곳곳을 둘러보았다.

그러자 인수가 피자부터 먹고 있는 윤철을 노려보았다.

윤철이 뜨끔해서 오히려 적반하장이다.

"아, 왜?"

"그렇게 할 일이 없냐? 남의 사생활이나 캐고 다니고?"

"아니 뭐 내가 못 올 데를 왔나?"

"못 올 데는 아니지만 사람이 초대를 해야 오는 거지."

"사람이 이사를 했으면 친구에게 먼저 초대를 해야지. 친구끼리 뭐 이렇게 까칠해. 우렁이색시 땜에 그래?"

순간 인수는 아파트주변과 도로의 CCTV 위치를 머릿속에 떠올렸다.

그리고 수연이 그 카메라에 잡히는 장면을 떠올렸다.

그걸 윤철이 킬킬거리며 PC방에서 모니터로 확인하는 장면까지도.

"너 그러다 혼난다."

"근데 사귀기로 한 거야?"

"너 피자 입에 문 상태로 쫓겨나고 싶냐?"

"뭔 소리야? 누가 누굴 사귀어?"

방안을 둘러본 유정이 윤철의 맞은편 식탁의자를 빼고는 앉으며 물었다.

"아 배고파."

그러더니 인수의 대답은 관심도 없다는 듯 피자를 폭풍 흡입하기 시작했다.

윤철과 먹는 속도가 거의 똑같았다.

어쩌면 저렇게 둘 다 잘 처먹는데 누구는 돼지고, 누구는 말랐을까?

순식간에 피자 한 판이 없어졌다.

유정이 콜라를 마시며 다시 물었다.

"너 누구 사귄다고?"

"신경 끊으세요."

"어떤 년이야? 확 염산을 뿌려버릴 테니까."

"아 정 떨어져. 시비 걸려고 왔냐?"

"넌 내거잖아."

"왜 이래? 윤철이 섭하게? 너 바라기 윤철이 좀 생각해 줘."

"난 뚱땡이는 싫어."

그 말에 윤철이 먹던 피자를 탁 던지며 내려놓았다.

"그럼 나 살 뺄까? 다이어트 성공하면 사귀어 줄 거야?"

"꺼져."

"네."

윤철은 다 먹은 피자박스를 닫고 새 판을 또 열었다.

"인수야 너도 좀 먹어."

"빨리도 말 한다."

인수가 유정의 옆 의자를 빼서 앉는 그때였다.

소파에 던져진 전화기가 진동으로 울렸다.

"전화 안 받아?"

인수가 전화기만 바라볼 뿐 받지를 않고 있으니 윤철이
물었다.

"언년이야?"

유정이 인수를 째려보며 물었다.

"우렁이색시."

"그래? 내가 받아서 욕해버려야겠다."

유정이 일어서려고 하자, 인수가 벌떡 일어나 전화기를
낚아챘다.

"오. 진짜 우렁이색신가본데?"

"쉿."

인수가 조용 좀 하라며 전화를 받았다. 세영이었다.

하지만 전화가 끊어졌다.

"빨리 좀 받지는. 쯧쯧."

인수는 거실을 서성거리며 망설였다.

전화를 막 걸려고 하는 그때 또 다시 전화기가 울렸다.

인수는 재빨리 전화를 받았다.

"아……. 전화 했었네? 지금 막 하려고 했는데……."

윤철과 유정이 누군데 저렇게 쩔쩔 매? 하는 표정으로

소곤거렸다.

[아…… . 잘 지내고 있어?]

"응. 잘 지내고 있지. 너는?"

[나도…… .]

"그래…… ."

[저기…… .]

"어쩐 일…… . 아, 말해. 먼저 말해."

[아… 그게…… . 잠깐 볼 수 있어? 할 말이 있어서.]

"어 괜찮아. 응. 볼 수 있어."

[그래? 너 지금 어디야?]

"나 지금 집인데. 넌 어디야?"

[나도 집 근처긴 한데…… . 내가 너 있는 데로 갈게.]

"아냐, 아냐. 내가 갈게. 어디야? 말해. 바로 갈게."

[아니야. 내가 갈게. 어디로 가면 돼?]

"어…… . 그러면…… ."

인수는 집주소를 알려주었다.

"찾아올 수 있겠어?"

[택시 타면 얼마나 나와?]

"대충 만 원…… 안팎으로…… ."

[알았어. 이따 보자.]

"그래."

전화를 끊은 인수는 화장실로 달려 들어가 거울부터 보며 머리를 만졌다.

곧바로 칫솔에 치약을 묻혀 양치질을 실시.

"뭐냐 쟤."

유정은 어이가 없었다.

저런 모습 처음이었기에.

양치하고 세수하고 나온 인수가 옷장을 열어 옷을 막 뒤지자, 유정이 그 뒤에 섰다.

유정은 인수의 행동을 물끄러미 지켜보았다.

"야. 이거 어때? 괜찮냐?"

인수가 클래식해 보이는 밤색 스웨터를 찾아 뒤돌아 목에 대며 물었다.

"아, 뭐 아저씨야? 촌스럽게."

"내가 그럼 아저씨지."

"뭐?"

"아냐."

인수는 골랐던 옷을 다시 걸고 다른 옷을 빼냈다.

"이게 그렇게 아저씨 같나?"

인수는 혼자 중얼거렸다.

세영이 좋아했던 옷이었는데, 엄마도 그렇고 유정도 그렇고 다들 촌스럽고 아저씨 같다고 말하니 할 말이 없었다.

이번에는 화려한 체크무늬 남방이었다.

"이건? 이건 어때?"

그러자 유정이 괜찮다는 표정으로 고개를 끄덕이며, 옷장을 뒤져 걸칠 옷을 찾아주었다.

"아직은 밤낮으로 쌀쌀하니까 이 가디건 걸치면 되겠네."

"그래?"

인수가 가디건을 받아드는 그때 유정은 청바지를 발견하고는 빼들었다.

"청바지 예쁘다. 빳빳한 게."

"좋았어."

청바지를 받아든 인수는 유정을 향해 손을 휘 저었다.

옷 갈아입게 밖으로 나가라는 말이었다.

그러자 유정이 입술을 삐죽거리며 밖으로 나가주었다.

잠시 후, 인수가 옷을 갈아입고 나왔는데 유정은 그 모습에 반하고 말았다.

"어때?"

자신을 살펴보는 인수의 모습이 너무 사랑스러워 미칠 지경이었다.

갈수록 좋아지는 이 마음을 어찌해야 할까.

"멋진데?"

윤철이 엄지손가락을 세워보였다.

"고마워."

인수는 정신없이 현관으로 나가 신발을 신었다.

"근데 어디 가는데?"

"아, 잠깐만. 정말 미안한데 너희들 그만 돌아가면 안 될까? 미안."

"뭐야? 쳇! 진짜 숨겨둔 우렁이색시라도 오는 거야, 뭐야?"

"미안하다."

"야, 유정아 가자. 더러워서 가자."

"난 싫은데?"

유정이 흥, 하며 소파로 이동하더니 벌러덩 누워버렸다.

"이것들이 진짜. 나 나갔다오는 동안 사라져라."

유정이 대답 대신 혀를 내밀었다.

◇ ◆ ◇

"택시!"

최지민이 손을 들어 택시를 붙잡았다.

"어서 오십쇼, 어디로 모실까요?"

"거기가……. 어디라 그랬지?"

택시에 올라탄 최지민은 인수의 집주소를 금방 듣고도 잊어버렸다.

장우식이 김 실장을 통해 알려준 인수의 집주소를 택시에 올라탄 순간 깜빡한 것이다.

최지민은 장우식에게 다시 전화를 걸었다.

"어디라 그랬지?"

[아 진짜 너 붕어야?]

"아, 깜박할 수도 있지!"

[어이구, 닭대가리.]

장우식이 쯩, 하며 인수의 집주소를 다시 불러주자 최지민은 택시기사에게 듣는 그대로 목적지를 전했다.

그렇게 택시는 한참을 달려 인수의 아파트단지에 도착했다.

"다 왔습니다."

"아, 여긴가요?"

지민이 계산을 하고 택시에서 내렸다.

"106동이······?"

건물을 두리번거리는 그때 인수를 발견했다.

"어? 오빠!"

인수가 뒤를 돌아보니 최지민이었다.

"누구세요?"

'누구세요?'

최지민은 불쾌했지만 참아야만 했다.

장우식의 지령을 받았다.

놈에게 착 달라붙어 유혹해 정신 줄을 놓게 만들고, 일거수일투족을 감시하라고.

더군다나 용돈이라며 50만 원을 받았다.

뭔가 특별한 것을 하나씩 알아서 알려주면 그때마다 또 50만 원을 준다니, 돈 벌기 참 쉽다고 생각했다.

한데 누구세요?

"어머 오빠! 나 지민이야 최지민!"

최지민은 다짜고짜 인수의 옆으로 다가와 팔짱을 끼었다.

그러자 인수가 화들짝 놀라 옆으로 피했다.

"왜 이러세요? 누구신데?"

"아이 오빠는 참! 우리 부산 요트! 빵!"

최지민은 가슴이 살짝 큰 편이었다.

건강하고 예뻤고 입만 열지 않으면 싼 티가 드러나지 않는 스타일에 분명 육감적이었다.

제대로 맘먹고 유혹하려 들면 그 어느 건강한 남자가 넘어가지 않을까.

인수는 세영이 곧 도착할 때가 되었기에 일부러 계속 모른 체를 했다.

하지만 최지민의 행동은 점점 도를 넘어섰다.

"나 오빠 보고 싶어서 계속 문자했는데. 깍쟁이."

최지민이 손가락으로 인수의 어깨를 찌르더니 뱅뱅 돌려 팠다.

"누구신데 이러세요?"

"오빠아아! 오빠 내 문자 못 봤어? 응? 아니면 봤으면서도 지민이 일부러 애타게 만든 거야 뭐야? 응?"

"저기요. 여기서 이러시면 안 돼요."

"아이, 오빠는. 지민이가 오빠만 특별히 사인해줄게. 사인 받아."

최지민이 핸드백에서 펜을 꺼내고는 몸을 배배꼬며 인수를 향해 가슴을 앞으로 밀고는 팔짱을 끼어오는 그때였다.

"아, 이 미친년이."

"꽥!"

최지민의 머리가 뒤로 확 꺾어져 버렸다.

유정이 뒤에서 머리카락을 붙잡고는 잡아 당겨버린 것이다.

'아이고. 내가 못 살아.'

"이 미친년아 모른다는데 왜 남의 남자한테 자꾸 들이대?"

"꺅! 이거 놔! 안 놔?"

최지민은 머리칼을 붙잡힌 상태로 발버둥치고, 윤철은 말리기 바쁘다.

"야. 유정아. 이러면 안 돼. 사고치지 마라."

"뭐가 안 돼? 와 뭐 이런 년을 다 만나지? 다시 봐야겠네?"

윤철이 말리는 통에 유정이 손을 놓기는 했지만, 최지민은 머리칼이 한 움큼 뽑히자 신경질을 확 부렸다.

"아 진짜! 야! 너 뭔데?"

"꺼져 미친년아. 확 다 뽑아버리기 전에."

"어머머. 기가 막혀! 너 뭔데 남의 머리를 뽑고 지랄이야 지랄이! 세상에 머리 뽑힌 거 봐."

"얼씨구. 저게 진짜 죽을라고."

유정이 다시 덤벼드는 것을 윤철이 뒤에서 또 뜯어 말렸다.

최지민도 보통 내기가 아닌지라 팔을 걷어붙이며 유정에게 달려들었다.

"그래. 오늘 너 죽고 나 살자."

"야야, 유정아 그만해. 죄송합니다."

그때 최지민은 사과하는 윤철을 보았다.

"어? 너 그때……."

"안녕하세요."

윤철이 인사를 꾸벅했다.

그러자 최지민은 기가 바짝 살아났다.

"뭐야? 응? 니들 다 뭐야? 니들 콩밥 먹고 싶어?"

최지민이 삿대질하자, 유정이 그 손가락을 확 붙잡고는 꺾어버렸다.

"꺅!"

"유정아! 유정아!"

"아 놔 진짜 이 미친년이. 근데 너도 이 미친년 알아?"

"아, 그게……. 유정아 그만해라."

또 윤철이 겨우 떼어냈다.

그렇게 싸우고 말리고를 반복하고 있는 그때 인수는 슬쩍 눈치를 보고는 아파트 후문으로 몸을 빼냈다.

세영에게 전화를 걸었다. 후문에서 내리라고.

그렇게 힘들게 인수는 세영을 다시 만났다.

그때 수연은 인수에게 연락을 하지 않고 인수의 집을 찾아왔다가 처음부터 모든 것을 목격했다.

그 동안 인수를 생각하며 잠도 줄이고 쉬어 짤 수 있는 시간을 모두 쉬어 짜 분홍장미를 접었다.

졸려도 하품을 하며 장미를 접었다.

그렇게 정성을 들여 화분을 완성해 선물로 들고 왔다.

화분에는 하트를 그렸고, 양쪽에 서로의 이름을 새겼다.

피아노 위에 자리 잡을 것이다.

행복했다. 인수가 연락 없이 찾아온 자신을 반기며 문을 활짝 열어주는 모습만 상상하며 왔다.

한데…….

저 육감적인 여자는 도대체 누구기에 또 어떤 사이기에 막 들이대는 것일까?

정말 불쾌했다. 한데 그 여자를 일진으로 보이는 언니가 혼내주는 것을 보니 통쾌하기보다는 소름이 다 돋을 정도로 무서웠다.

그리고 그곳에서 인수가 몸을 빼내는 것을 보고는 뒤따라갔는데…….

택시에서 내리는 사람.

수연은 화분을 떨어뜨린 뒤 몸을 숨길 수밖에 없었다.

그리고 한적한 곳에 한동안 홀로 앉아 있다가 전화기를 꺼내들었다.

"인혜야……."

수연은 인혜에게 전화를 걸고 말았다.

"그냥……."

[야 가시나야 너 오빠랑 또 뭔 일 있냐?]

"아냐……. 내가 뭐 꼭 그런 일이 있어야 전화 하냐?"

[근데 목소리가 왜 그래?]

"내 목소리가 뭐."

[아 목소리가 이상하잖아!]

"내 목소리가 뭐어."

울컥하며 말끝이 떨렸다.

[뭐가 뭐야! 힘이 하나도 없구만! 뭔 일이야? 응? 뭐야 너 울어?]

"내 목소리가 뭐! 으앙!"

수연은 또 펑펑 울고 말았다.

전화기에서는 인혜의 목소리…… 쌍욕이 계속 들려왔다.

◇ ◆ ◇

　인수는 세영을 한우식당으로 안내했다.

　이런 날이 오기를 손꼽아 기다렸었다.

　이사를 오자마자 세영을 위해 미리 알아두었던 한우식당 앞에 도착할 때까지 거리를 마냥 걷던 두 사람은 서로 어색하기만 했다.

　그리고 인수는 세영이 자신의 얼굴을 틈만 나면 유심히 살펴보는 이유를 알 수가 없었다.

　세영의 입장에서는 그 환영으로 인해 인수의 얼굴을 계속 확인하고 있는 것이었다.

　"일단 뭐 좀 먹을까?"

　"너 배고파?"

　"응. 점심을 굶었어."

　"왜?"

　"아……. 뭐 좀 하느라고."

　"그래도 밥은 먹어야지."

　"나 실은 집에서 나왔어."

　"가출? 너 가출했어?"

　"하하. 가출은 아니고……. 출가?"

　세영이 뭔 말이야? 하는 표정으로 인수를 올려다보았다.

　"부모님께 허락받고 24평 아파트 얻어서 혼자 살아."

"와."

세영이 부럽다는 듯 인수를 올려다보았다.

"너무 좋아. 강추."

"진짜 부럽다. 어떻게 하면 그런 걸 다 허락받지? 네 부모님도 대단하시다."

"세 번 연속 올백."

세영의 두 눈이 동그래졌다.

"너 그렇게 공부 잘해? 세 번이면……."

"1학년 2학기 중간고사, 기말고사 그리고 2학년 새 학기 진단평가까지."

"우와."

"내가 이 정도지."

"진짜 우와."

인수가 어깨를 으쓱하는 그때 뒤에서 미행하는 남자를 발견했다.

'저 자식……'

인수는 일부러 모른 체하고 식당 안으로 들어갔다.

김서용의 수하였다.

김영국을 상대로 각종 향응제공에 협박도 서슴지 않더니 이제는 세영의 일거수일투족을 감시하고 있다니.

인수는 서클을 회전시켜 화이트존을 통해 놈의 목적을 알아보았다.

목소리가 들려왔다.

세영의 뒤에 사람이 붙어 있다는 사실 하나만으로도 김영국에게는 엄청난 압박이 될 것이라고 말하는 김서용의 목소리였다.

인수는 당장이라도 세영이 몰래 놈의 다리몽둥이를 부러뜨려버리고 싶었지만 참았다.

별 시답잖은 놈 하나 때문에 이 좋은 분위기를 망치고 싶지가 않았다.

자동문이 열렸다.

인수는 안으로 들어갔는데, 뒤따라오던 세영이 자동문 밖에서 멈칫한 상태로 들어오지 않았다.

"왜?"

"야 학생이⋯⋯. 이런 데 엄청 비싸."

자동문이 다시 닫히려하자 인수가 앞으로 다가왔다.

그러자 자동문이 다시 열렸다.

"괜찮아. 어서 와."

"너 어떻게 하려고 그래?"

"몇 달 라면 먹으면 돼. 들어와."

세영이 웃으며 고개를 저었다.

"그냥 분식점가서 라면먹자."

자동문 안으로 발을 내딛으면 무슨 큰일이라도 날 것처럼.

또 다시 자동문이 닫히려하자 인수는 세영의 손을 꼭 붙잡아 안으로 이끌었다.

세영은 손이 잡히자 깜짝 놀랐지만 이상하게도 거부할 수가 없었다.

"라면은 나중에. 지금 내가 고기가 먹고 싶어서 그래."

"아니… 그래도……."

세영은 어쩔 수 없이 인수의 손에 이끌려 자동문을 넘어 식당 안으로 들어왔다.

"어서 오세요. 두 분이세요?"

"네. 아주머니 조용한 곳으로 좀 안내해주실래요?"

"어디 보자……. 이쪽으로 오세요."

안내를 해주는 아주머니를 따라 방 안으로 들어가 문을 닫으니 너무나도 조용하고 좋았다.

둘만 있으니 더 좋았다.

"어떻게……. 잘 지냈어?"

"응."

세영은 실내를 두리번거리다가도, 인수를 힐끗힐끗 보았다.

그렇게 인수의 얼굴을 보고 또 보았다.

다른 우주에서는 진짜 또 다른 나의 남편일까?

"저기……. 근데 내 얼굴에 뭐 묻었어?"

"아냐. 그런 게 아냐."

세영이 화들짝 놀라서 손을 막 저었다.

그때 어색하게 웃는 얼굴이 너무나도 예뻐 인수는 가슴이 다 벅차오를 지경이었다.

세영이 메뉴를 힐끔 보더니, 몸을 앞으로 하며 뭐라고 소곤거렸다.

"응?"

"너무 비싸."

입을 모으고 밖에서 들리지 않게 말하는 모습도 너무 귀여웠다.

콧잔등을 찡그리는 모습까지도.

연예인 누구를 닮은 것 같기도 했다.

어리다. 어려도 정말 어리다.

가벼운 흰색 라운드티셔츠에 청바지를 입은 모습도 그저 어려 보여 오히려 더 조심스러울 지경이었다.

아저씨가 여고생과 연애라도 하는 느낌?

생각이 여기까지 미치자, 인수는 스스로 이런 주책바가지하고는 하며 정신을 차렸다.

"에이 저번에 내가 고양이 구할 때 아버님 뵀잖아. 차도 좋고, 너희 집 엄청 잘 사는 거 같던데? 이런 거 매일 먹는 거 아냐?"

"아냐. 뭐 잘사는 것도 아니고 못사는 것도 아닌데 엄마가 외식을 너무 싫어하셔서 진짜 가끔 외식을 하긴 하는데…….

이렇게 비싼 데는 첨이야. 엄마가 엄청 싫어하셔."

"어머니 살림꾼이신가 보다. 울 엄마는 어떻게 하면 오늘도 외식할까만 생각하는데."

"정말? 와… 부자구나."

"부자라서 그러기보다는 엄마가……. 하하, 뭐 어쨌든 이정도야 오늘 충분히 살 수 있어."

"이 정도가 뭐가 이 정도야. 여기 엄청 비싸. 학생이 무슨돈이 있어서……."

"너 만나면 사주려고 용돈 열심히 모았어. 그러니까 걱정마. 그냥 맛있게 먹자."

"나를?"

"응. 연락 기다렸어."

"……."

세영은 인수가 빤히 쳐다보자, 얼굴이 화끈 달아올랐다. 복숭아처럼 볼이 붉어졌다.

말 그대로 인간복숭아다. 깨물어 버리고 싶었다.

인수는 어색해서 헛기침이라도 하고 싶어졌다.

세영이 무슨 말이라도 해주길 기다렸다.

"근데 매일 외식하면 처음에는 몰라도 점점 지겨울 것도같아. 외식하고 나면 입안에 뭐랄까?"

"엠에스지?"

"응. 그런 거. 난 싫어."

"맞아. 나도 그건 싫어. 그러고 보니까 울 엄마도 그런 게 싫어서 좀 바뀌셨나? 요즘엔 되도록 외식 안 하고 집에서 못하는 요리라도 해주시려고 노력하시더라고. 근데 어머님은 요리 잘하셔?"

"응."

"김치도 담그셔?"

"응? 너넨 김치 안 담가?"

"당연하지. 울 엄마는 김치를 사 먹는 걸로 알아."

세영이 까르르 웃었다.

"엄마 김치 맛있어?"

"그럼. 얼마나 맛있는데."

나도 먹어보고 싶다. 라고 말하려는 것을 인수는 꾹 참았다.

당시에도 인수는 세영과 이런 이야기를 많이 나누었었다.

세영은 집을 뛰쳐나온 뒤 엄마김치를 무척 그리워했다.

"암튼 울 엄마 정도 되면… 요리를 잘하는 편인 거 같아."

"그러면 너도 잘하겠다."

"아냐. 난 아니야."

세영이 부끄럽다는 듯 손사래를 쳤다.

인수는 세영의 요리 실력을 잘 알고 있다.

손맛이 정말 좋은데, 그게 다 장모님의 영향을 받은 것이다.

세영은 이런 이야기를 나누는 것을 참 좋아했었다.

인수는 편하게 일상을 소재로 말을 이어갔다.

"어머님 미소된장국 잘 끓이시지? 무 채 썰어서 넣고."

"어. 그걸 어떻게 알았어?"

"그냥 느낌이. 김치 잘 담그시는 분들은 진한 된장국보다는 그런 일본식 된장국을 잘 끓이시는 거 같아."

"맞아. 딱 울 엄마 스타일. 근데 무채까지 찍어내다니 놀라운걸? 시래기 넣고 끓여도 맛있고."

요즘 여고생의 입에서 시래기라는 말이 나오자, 인수가 웃었다.

"너도 그런 된장국 잘 끓여?"

인수는 잘 알고 있으면서도 이런 소소한 이야기를 나누는 것이 너무나도 좋았다.

"음…….. 비슷하게는 하는데 엄마 손맛은 안 나는 거 같아."

"그런 게 연륜인가 봐."

"맞아."

그때 문이 열리며 음식이 들어왔다.

반찬이 깔리는 수준이 고급음식점답게 화려했다.

인수가 고기를 모둠으로 주문했고, 세영은 잠자코 있다가 아주머니가 주문을 받고 나가자 또 몸을 앞으로 숙이고는 인수만 듣게 조용히 입을 모아 말했다.

"확실히 다르다. 반찬 깔리는 게."

세영은 눈으로만 반찬을 둘러볼 뿐 젓가락을 함부로 들지 못했다.

인수는 마음이 아려왔다.

"일단 먹자."

세영이 고개만 끄덕일 뿐 여전히 젓가락을 들지 못하자, 인수가 밑반찬 중에서 세영이 좋아하는 꽈리고추어묵볶음 접시를 들어 세영의 앞으로 옮겨주었다.

"아냐. 거기 두고 너 먹어."

"이거 먹어봐. 좋아하잖아."

인수는 아차, 싶었다.

"어……."

세영이 인수를 보았다.

"왜?"

"어떻게 알았어?"

"아……. 그럴 거 같다고. 우리 여동생도 그렇고 여자들은 이거 다 좋아하는 거 같은데?"

"맛있잖아. 꽈리고추는 멸치랑 볶아도 맛있어."

"큰 멸치 말고 작은 멸치."

"어, 맞아."

"맞아 그거 맛있어. 근데 이거 맛있어 보이긴 한데, 어머님이 더 잘하시겠지?"

"설마."

세영이 젓가락을 들어 맛을 보았다.

젓가락을 드는 순간 인수는 속으로 안도의 한숨을 다 내쉬었다.

"이게 더 맛있다."

"아, 그래?"

"엄마가 요리를 아무리 잘해도 이런 고급식당 맛은 못 따라오겠지."

"이게 더 맛있단 말이지. 어머니 들으시면 서운하시겠는데?"

세영이 웃었다. 인수도 맛을 보는 그때 숯불이 들어왔다.

빨간 숯불을 보고 있노라니, 세영과 함께 캠핑도 가서 텐트를 치고 화로에 장작을 태우며 고요한 밤의 낭만과 분위기를 즐기고 싶었다.

잠시 후, 아주머니가 들어와 고기를 석쇠에 올려주었다.

"아주머니 잘 구워진 건 이쪽으로 주세요."

"네."

칙, 하며 숯불에 핏물이 떨어지는 기분 좋은 소리가 들려왔다.

잠시 후 고기가 살짝 익자, 아주머니가 가위로 고기를 썰어서 세영의 접시에 옮겨주었다.

"아니요. 쟤 주세요. 너 먹어."

세영은 접시를 들어 비스듬하게 하고는 젓가락으로 슥 밀어 인수의 접시로 고기를 모두 옮겼다.

"너 먹으래도."

그러자 인수가 자신의 접시를 들어 그 고기를 또 세영의 접시로 다 옮겼다.

그러자 세영은 어쩔 수 없다는 듯 고기를 반반으로 나눈 뒤, 절반의 고기를 인수의 접시로 옮겼다.

"됐지?"

세영이 고기를 한 점 집어 들었다. 그러다가 핏물을 보고는 인수를 보았다.

"더 익혀야 하는 거 아냐?"

"지금이 딱 맛있어요. 드셔보세요."

아주머니가 대신 대답해주었다.

"……네."

세영이 고기를 입에 넣고는 맛을 보았다.

"맛있다."

맛있다. 그 말 한마디에 인수는 울컥했다. 눈물이 핑 돌았다.

"……?"

고기를 굽던 아주머니가 뭔가 분위기가 이상해서 인수를 보다가 깜짝 놀랐다.

두 눈이 축축이 젖어 있으니 계속 쳐다볼 수밖에 없었다.

인수는 고개를 숙였다. 눈물을 훔칠 수도 없었다.

"아, 눈에 뭐가 들어갔네."

저 밑바닥에서부터 울컥하며 올라오는 감정으로 인해 목소리가 떨렸다.

"왜 그래?"

세영이 당황해서 물었다.

"아……. 연기가 눈에……."

그 말에 아주머니가 환기통을 밑으로 더 바짝 끌어내렸다. 연기가 별로 나지도 않건만…….

"맛있다. 너도 빨리 먹어."

첫맛에 놀란 세영이 깻잎에 고기를 한 점 싸서 먹으며 말했다.

"그래… 먹어야지… 응… 우리 맛있게 먹자……."

겨우 말을 내뱉는데 눈물에 이어 콧물까지 새어나왔다.

"나 실은 너 만나면 할 말이 있었는데……."

세영이 인수를 보며 활짝 웃었다.

지금 고기가 너무 맛있어서 이야기는 뒷전이라는 말이었다.

또 복잡한 말이기도 하고.

그러자 인수는 들키지 않기 위해 재빨리 고개를 또 숙였다.

"너 근데 진짜 왜 그래?"

세영이 두고 볼 수가 없어서 물었다.

입안의 고기는 너무 맛있는데, 분위기가 이상해져서 삼키기가 힘들 정도였다.

"나 화장실 좀 다녀올게."

"응?"

"아……. 먼저 먹어. 갑자기 급해서. 빨리 다녀올게."

인수는 도망치듯 몸을 일으켜 화장실로 달려갔다.

세영은 고기 앞에 멈추어 있던 젓가락을 탁자에 내려놓을 수밖에 없었다.

뭐지?

그런 표정을 지으며 인수의 뒷모습을 바라보았다.

인수가 화장실에서 겨우 마음을 추스르고는 세수를 하고 나왔다. 두 눈이 빨갰다.

돌아와 보니 아주머니는 없었다.

"뭐야……."

인수가 돌아와 앉자, 세영이 젓가락을 내려둔 상태로 말했다.

고기 맛이 뚝 떨어진 상태였다.

너무나도 불편한 것이다.

인수가 이렇게 굳이 어른흉내를 내는 것도 못마땅했다.

만나면 혼란스러운 마음이 조금이나마 좋아질 것이라 여겼는데, 더욱 더 혼란스러웠다.

"먹자."

인수가 활짝 웃는 얼굴로 젓가락을 들며 말했다.

근데 두 눈은 빨갰다.

"괜찮아?"

"응? 뭐가?"

"무슨 일 있는 거 아냐?"

"아냐……. 진짜 갑자기 눈에 뭐가 들어가서. 먹자."

"그런 게 아니잖아."

세영의 표정은, 나 이렇게는 너무 불편해서 못 먹겠어, 라고 말하는 중이었다.

그냥 라면이나 먹으러 갈 것이지.

"실은……."

"실은 뭔데?"

"이거 계산할 거 생각하니까 깝깝해서……."

"헐……."

세영의 턱이 벌어졌다.

"농담이야, 농담!"

"아, 진짜 뭐야!"

"진짜, 농담이야. 우리 집 옛날에는 엄청 가난했거든. 그 때 생각하니까. 그래서 그랬어. 지금은 엄청 잘 살아. 용돈도 두둑하고. 그러니까 걱정 마."

"아, 몰라. 이제 안 먹고 싶어."

"그럼 나 혼자 다 먹는다."

인수가 활짝 웃으며 고기를 한 점 집어 먹었다.

"와, 맛있다."

세영이 여전히 불편하고 걱정된 얼굴로 인수를 보았다.

"맛있어. 진짜 맛있어."

인수는 감탄사를 내뱉으며 계속해서 젓가락질을 했다.

"소금장이 최고네. 어서 먹어. 맛있다. 진짜 끝내준다."

세영은 여전히 젓가락을 들지 않았다.

"흠, 맛있어. 행복해. 어차피 우리 둘이 주방에서 설거지 해야 한다니까. 후회하지 말고 빨리 먹어."

세영이 풋, 하고 웃고 말았다.

"맛있긴 맛있지?"

세영의 표정이 밝아졌다.

"응. 너무 맛있다."

"깻잎에도 싸 먹어봐. 정말 맛있어."

"그래. 깻잎에도 싸 먹고 상추에도 싸먹자. 많이 먹어."

인수는 울컥하며 올라오는 감정을 계속 참아내며 억눌렀다.

여기서 겨우 돌려놓은 분위기를 다시 망치면 안 될 일이었다.

"응. 고기 지금 올릴까?"

"그래야겠지? 아주머니 부르면 되는데 그냥 우리가 굽자."

"그래. 이게 안심인가?"

"등심인 거 같은데?"

"꽃등심?"

"잘 모르겠어."

인수가 활짝 웃었다.

"등심하고 꽃등심은 또 달라?"

"좀 다를 거야."

"자주 먹으면서 몰라? 먼저 먹은 게 안심이었나?"

"그런 거 같아. 부드러운 게."

"뭐 대충 먹자. 지금 아니면 앞으로 못 먹을 텐데. 근데 이거 진짜 너 믿고 먹어도 되는 거 맞지?"

"걱정 마. 같이 설거지하면 돼."

"그러자. 에라, 모르겠다."

인수가 웃으며 말하자, 세영도 웃으며 고기 한 덩어리를 집어 올렸다.

칙, 하며 핏물이 떨어지고 고기가 타들어가는 소리가 기분 좋게 들려왔다.

"내가 구울게."

인수가 손을 뻗어 집게를 건네 받으려하자 세영이 손을 저었다.

"아냐. 내가 구울게 너 먹어. 못 먹었잖아."

"나 많이 먹었어. 소주 땅기네."

"어머. 뭔 소리야."

"뭐 그렇다는 말이야."

세영이 농담으로만 생각하고 웃었다.

인수도 활짝 웃었다.

지금 이 순간, 고기를 잡고 가위질을 하는 세영의 손만 보고 있어도 인수는 너무나도 행복했다.

또 다시 눈가가 촉촉해졌다.

하지만 이제는 울컥하지는 않았다.

앞으로 얼마든지 행복하게 만들어 줄 테니까.

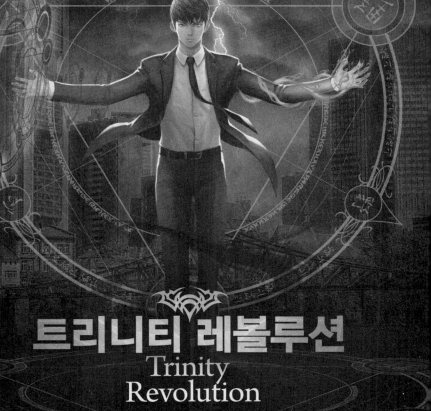

트리니티 레볼루션
Trinity
Revolution

제25장. 가깝고도 먼 사이

인수는 세영을 집까지 바래다주었다.

바래다주는 게 당연한 일이기도 했지만 식당까지 세영을 미행했었던 놈이 신경 쓰였다.

아마 또 따라왔다면 쥐도 새도 모르게 다리몽둥이가 부러졌을 것이다.

세영은 이런저런 이야기를 나누느라, 정작 하려고 했던 말은 하지 못한 채 이제는 헤어져야할 시간이 되어 아쉬워했다.

"바래다줘서 고마워."

"뭘."

"고기 잘 먹었고. 냉면도 정말 맛있더라. 근데 너 너무 무리했어."

"용돈 아직도 많이 남았거든? 걱정 마. 다음에 또 사줄게."

"아냐! 진짜 아냐! 내가 그냥 라면 살게."

"알았어."

인수가 하는 수 없다는 듯 웃었다. 세영도 웃었다.

"그럼……. 조심히 들어가."

세영이 두 손을 흔들었다. 하지만 돌아서지는 않았다.

"들어가."

"아냐. 너 가는 거 볼게."

인수도 선뜻 돌아서지를 못했다.

"어서 가. 집에서 기다리시겠다."

"나 혼자 산다니깐."

"아, 참. 그랬었지."

"저기 다음 주 일요일……. 뭐해?"

인수가 조심스럽게 물었다.

"다음 주? 음……. 나 뭐하지? 뭐 특별한 일 없는데."

"영화 볼까?"

"영화? 요즘 재밌는 거 뭐 있나? 아! 새벽의 저주."

"웅?"

인수는 좀비영화라면 차라리 클레멘타인이 보고 싶었다.

"나 그거 봐야 돼. 민숙이 때문에 계속 못보고 있었어."

그러고 보니 맞다. 세영의 영화취향은 독특했다.

"그거 좀비 영화잖아."

"어, 맞아."

"그런 영화 뭐가 좋아?"

"재밌잖아?"

"여자들은 대부분 그런 영화 안 좋아하는데……."

"난 좋아."

세영이 인수를 보며 웃었다.

무서운 영화를 제대로 못 보는 겁쟁이처럼 보는 것이다.

"너 무서운 영화 못 보는구나?"

"아냐. 나도 그런 거 좋아해. 엄청 좋아해."

"알았어. 함 가서보겠어."

"큰일 났네."

인수가 엄살을 떨자, 세영이 까르르 웃었다.

"여자가 뭐 그런 영화를 좋아하고 그래."

"재밌잖아? 넌 왜 싫은데?"

"나 싫다는 말 안 했는데? 나도 좋아해. 엄청 좋아해."

"아닌 거 같은데? 진짜 가서 보겠어."

세영이 말하며 계속 웃었다.

인수는 기분이 너무 좋았다.

그렇게 웃다가 말이 끊겼다.

이제는 서로 헤어져야할 시간이라는 것을 알고 있는 것이다.

"그만 들어가. 너무 늦었다."

"알았어. 내가 전화할게."

"그래."

세영이 다시 손을 흔들자, 인수도 손을 흔들며 돌아섰다.

잠시 걷던 인수가 뒤를 돌아보았다.

엘리베이터를 향해 들어가는 세영의 뒷모습이 보였다.

인수는 뒤로 걸으며 세영의 모습을 끝까지 지켜보았다.

엘리베이터 문이 닫히자 인수는 다시 뒤돌아 앞을 향해 걸었다.

그때 세영은 층수를 누르지 않은 상태로 닫혔던 엘리베이터 문을 다시 열어 인수의 뒷모습을 보았다.

그렇게 한참을 바라보다가 다시 엘리베이터로 들어와 층수를 누르고 문을 닫았다.

그때 인수가 다시 뒤를 돌아보고 있었다.

◇ ◆ ◇

그렇게 기다리고 기다리던 다음 주 일요일.

극장에서 인수는 깜짝깜짝 놀랐다.

하마터면 소리를 내지르고 팝콘을 엎어버릴 뻔했다.

위소의 의식이 수면 위로 솟구쳐 올라와버린 것이다.

순간 외모가 바뀌는 사태가 발생했다.

트리니티 레볼루션
Trinity
Revolution 3

삼류무사였던 위소는 덩치가 컸고, 일명 험악하고 무식하게 생겼다.

극장 안이 아니었다면 대번에 세영에게 들켰을 것이다.

이번에는 위소를 중심으로 인수가 옆으로 빠져나왔다.

물론 위소의 눈에만 보이는 모습이었다.

바수라까지 튀어나왔으면 정말 곤란할 뻔했다.

인수는 맨 처음 이러한 현상이 발생한 뒤, 홀로 방안에 있을 때면 이들의 의식을 수면 위로 끌어올려 삼자대면하는 식으로 대화를 나누곤 했었다.

서로를 이해하는 과정에서 살아온 환경과 문화의 차이로 인해 의견이 부딪치는 문제가 발생하기도 했다.

하지만 세 사람의 성격을 구슬처럼 관통하는 그 하나의 실은 자신보다는 남을 먼저 생각하는 이타심과 배려였다.

천성이 착하고 타인을 위한 희생정신이 자리 잡고 있었기에 인수를 중심으로 삼위일체를 위한 규칙과 통제가 가능한 것이었다.

하지만 위소는 분명 사면공자 제갈휘를 여전히 두려워하고 있었다.

본인은 아니라고 부인하지만, 인수와 바수라는 충분히 느끼고 있는 문제였다.

그 두려움이 내공과 서클의 충돌로 이어지기 때문이었다.

위소가 자신의 세계로 돌아가는 것을 두려워하는 만큼, 바수라는 자신의 세계로 돌아가기를 원했다.

그 미치광이 마법사 라스넬의 손아귀에서 세르벳을 구해 내야만 하는 것이다.

하지만 아직은 통제가 불가능한 화이트존을 통해 시공을 거스르는 모험을 한다는 것은 자살행위나 다름없었다.

위소의 두려움이 외부의 제갈휘라면, 바수라의 두려움은 바로 내부의 자신, 즉 서클과 화이트존의 폭주다.

서로에 대한 배려가 아무리 깊어도 이러한 문제는 계속되는 시도와 훈련을 통한 점검의 과정이 있어야만 계단처럼 밟고 올라갈 수 있다는 것을 인수는 잘 알고 있었다.

[놀라지 마. 이건 영화라는 거야.]

"영화?"

[그래, 영화. 무대 위에서 펼치는 극단의 연극과도 같은 거야. 현실이 아니야.]

"저건 강시다. 틀림없는 강시다. 여기 사람들 다 위험하다. 왜? 다들 태연하지? 저 많은 강시들을 나 혼자서 상대할 수는 없다. 피신시켜야 돼."

[말했잖아. 영화일 뿐이야. 우리 세계에서는 좀비라고 불

려. 실제로는 존재하지 않는 상상의 캐릭터.]

"무슨 말인지 알 것도 같으면서 모르겠어."

[중요한 건 아무 일도 일어나지 않는다는 거야. 그냥 구경거리야. 그러니까 앉아서 즐기면 돼.]

"난 여기 사람들이 다칠까봐 그것이 걱정이다."

[아무도 다치지 않아. 내가 보장할게.]

"뭐라는 거야?"

세영이 눈치를 주었다.

그때 세영은 인수를 보고는 고개를 갸우뚱 거렸다.

인수가 아닌 전혀 다른 남자가 옆에 앉아 있는 것만 같았기 때문이었다.

그때 위소의 의식이 다시 수면 아래로 잠기고, 인수의 의식이 정상적으로 자리를 잡았다.

"왜?"

인수가 자신의 얼굴을 살피고 있는 세영을 향해 물었다.

"아냐."

세영이 고개를 갸우뚱거렸다.

◇ ◆ ◇

영화가 끝나고 밖으로 나올 때 세영이 놀렸다.

"남자가 뭘 그렇게 놀래? 막 중국어를 하고. 내 이럴 줄 알았어."

"안 놀라는 게 이상한 거 아냐?"

"남자가 겁이 너무 많아. 쯧쯧쯧."

"너무 몰입해서 그런 거야."

"겁이 많아서 그런 거야."

"아 네."

"뭐 먹을래? 내가 살게. 너 고생했잖아."

세영이 계속 놀렸다.

"고생은 무슨. 남자가 예매도 하고 팝콘도 사고 그러는 거지."

"지금 그 말이 아니잖아."

세영이 인수의 어깨를 툭 치며 웃었다.

"그럼 뭔 말이야?"

인수가 능글맞게 딴청을 부리자, 세영이 어깨를 들썩거리며 깜짝깜짝 놀라던 인수의 흉내를 냈다.

"너 아까 이랬잖아."

인수가 큰 소리로 웃고 말았다.

"그래 맞아. 나 엄청 힘들었어. 무서워 죽는 줄 알았어. 여자가 뭐 이런 영화를 좋아하고 그래."

"치, 남자가 뭐 이런 영화 보면서 놀라고 그래. 저기 부대찌개 먹을까? 너 뜨거운 국물 좋아하잖아. 라면 먹기로 했었고."

"아냐. 냉면 먹자. 너 저번에 냉면 잘 먹더라."

세영은 뜨거운 것을 정말 못 먹는다.

시원한 음식을 좋아했다.

"어 거기 냉면도 진짜 맛있었어. 근데 이런 데 냉면
은……."

"그런가? 그래도 부대찌개는."

"아냐. 고생한 네가 먹고 싶은 거 먹어야지."

"알겠습니다요."

당시의 말버릇이 저절로 튀어나왔다.

"뭐야 그 말투는. 와, 예쁘다."

지하식당가 옆에서 행사를 하는 옷을 발견하고는 세영이
다가가 막 뒤지기 시작했다.

인수는 세영의 뒤에 잠자코 서서 물끄러미 지켜보았다.

자신이 능력이 없고 찢어지게 가난해서 이런 곳만 찾
는 줄 알았더니, 세영은 원래 이런 코너를 좋아하는 것이
다.

"이거 어때? 와, 만 원이야."

세영은 하늘색 여름원피스를 하나 발견하고는 일명 득템
이라도 한 것처럼 좋아했다.

"입어봐."

"언니, 이거 입어 봐도 돼요?"

"네. 잠시 만요. 사이즈가?"

"66이요."

"66이요."

동시에 말했다. 인수가 자기도 모르게 내뱉고는 두 눈만 깜박거렸다.

세영이 인수를 위 아래로 훑어보았다.

"여자 사이즈를……."

어떻게 그렇게 잘 아냐는 말이었다.

"울 여동생이랑 비슷해."

"그래?"

그때 점원이 탈의실로 안내를 하자, 세영이 가방을 인수에게 맡기고는 들어갔다.

잠시 후, 만 원짜리 원피스를 입고 나온 세영을 본 인수의 양쪽 입꼬리가 귀에 걸렸다.

뭘 입어도 예쁘다.

"어때?"

세영이 거울 앞에서 한 바퀴 돌며 물었다.

"잘 어울리네."

예쁘다는 말보다는 잘 어울린다는 말이 더 좋을 거 같았다.

점원이 대신 "어머, 예쁘네요." 라고 말해주었다.

요즘 이 옷 잘 나간다는 말과 함께.

"이번 여름방학 때 제주도 갈 때 입어야지."

"가족여행?"

"응. 아빠가 이번에는 꼭 간다고 그랬어."

"좋겠다, 제주도. 부럽다."

"넌 어디 안 가?"

"아직은. 근데, 모자도 있어야겠는데?"

"모자?"

"응, 바캉스 비치모자. 지금 딱 그림이 그려졌어."

"그래? 음……."

세영은 모자라면 질색했다. 답답한 것을 싫어했다.

하지만 인수는 지금의 세영은 다를 수도 있다고 생각했다.

세영이 다시 탈의실로 들어갔다. 그때 인수가 계산을 했다.

"언니, 이거 새 걸로 주세요."

세영이 옷을 갈아입고 나오며 말했다. 점원이 새 옷을 찾아 쇼핑백에 담아주자 세영이 만 원을 꺼내주었다.

"남자친구가 계산했어요."

"네?"

세영이 뒤를 돌아보았다.

뭔 아저씨처럼 뒷짐을 지고서 먼저 매장을 빠져나가는 인수였다.

뒤따라 나온 세영이 물었다.

"뭐야 왜 그랬어?"

"네가 밥 산다니까."

"그건 그거고……."

"모자 찾아보자."

"모자는 행사 안 하나?"

세영이 행사코너를 둘러보았다.

순간 인수는 어울리는 모자를 찾아도 세영이 안 살 것이 뻔해 나중에 선물로 주는 게 낫다고 판단했다.

그렇게 세영이 맘에 들어 하는 모자를 찾았다.

정말 잘 어울렸고, 예뻤다.

한데 역시나 가격이 좀 나가는 물건이었다.

"예쁘긴 한데……."

인수는 어떻게든 사주고 싶은데, 세영의 고집을 꺾을 수 없다는 것을 잘 알고 있기에 어쩔 수가 없었다.

어차피 싫어하는 모자를 억지로 사주었다가는 부작용만 일어날 것이고.

"나중에 행사할 거야."

"그러겠지?"

두 사람이 속삭이는 소리를 듣던 매장점원이 찬물을 끼얹었다.

"해도 여름시즌은 지나야 할 걸요?"

"그래요?"

점원이 모자를 다시 정리하자, 인수는 잠시 망설였다.

하지만 세영이 인수의 소매를 붙잡아 이끌었다.

"가자."

이끌려 나오는 마지막까지도 인수의 시선은 모자에서 떠나질 않았다.

"뭘 그렇게 자꾸 봐. 어서 가자."

"세영아, 잠깐만. 저 모자 내가 사줄게. 응?"

"아냐. 그건 아니야. 저걸 네가 왜 사준다는 거야. 나 싫어."

순간 인수가 발을 멈추었다.

소매를 붙잡아 이끌던 세영이 뒤를 돌아보았다.

"네가 좋으니까."

인수의 말에 세영이 멍한 표정으로 바라만 보았다.

"좋으니까 맛있는 음식 사 먹이고 싶고, 무서운 영화도 같이 보는 거고, 비싼 옷이라도 사주고 싶은데……."

"너 자꾸 이러면 나 부담스럽다."

순간 인수는 정신이 번쩍 들었다.

"아 왜 그러고 섰어? 가자니까?"

인수가 지금 고백한 장면은 단지 생각일 뿐이었다.

정말 참아야 하나. 앞으로 얼마든지 사줄 수 있으니까?

"어 알았어."

인수가 한마디 더 보탰다.

"내가 나중에 이 건물을 통째로 사버릴 거야."

"네, 네. 그러세요. 제발 그러세요. 가자, 배고프다."

세영은 인수의 진심이 그저 농담으로만 들릴 뿐이었다.

펄펄 끓는 부대찌개를 퍼서 옮기면 마시듯 먹어버리는 인수를 그저 놀랍다는 눈으로 바라보던 세영은 문득 병원에서 보았던 환영이 떠올라 생각에 잠겼다.

"역시 여기 오는 게 아니었어. 나만 신났네."

"아니야. 많이 먹어."

"너도 좀 먹어."

"응."

대답은 했지만, 세영은 여전히 인수만 보고 있었다.

"저기 있잖아."

"응?"

"실은 너한테 할 말이 있어."

"……?"

세영이 수저를 옆에 내려놓았다.

그러자 인수도 무거워진 분위기로 인해 먹기를 잠시 멈추고는 불을 줄였다.

사실 뭔가 이상한 느낌을 받아서 화이트존으로 확인을 하려다가 예의가 아닌 거 같아 먹는 일에만 집중한 인수였다.

"나······. 어떤 장면을 또 보았는데······. 그래서 생각을 정말 많이 했어."

인수의 동공이 확장되었다.

"또?"

"응. 근데 이번에는······."

"이번에는?"

세영이 인수의 두 눈을 똑바로 바라보았다.

'날 봤어.'

"널 봤어."

"······."

"네가 내 이름을 불렀어. 세영아. 세영아. 난 너를 향해 기어가고······. 아기는 옆에서 울고······."

세영이 울먹였다.

평행우주가 아니라면 정말 무섭고 두려운 것이다.

"그건 미래가 아닐 거야."

"그럼 뭘까? 나도 그렇고 너도 그렇고······. 그 아기도 그렇고······. 너무 불쌍해."

"미래가 아니야. 그런 일 절대로 일어나지 않아."

"네가 보지 못해서 그래. 그렇게 단정 지어 말할 순 없어."

"말할 수 있어. 이제 그런 일은 절대로!"

인수의 눈이 빨개졌다.

"일어나지 않아."

세영은 인수의 뜻하지 않은 반응에 깜짝 놀랐다.

분명 화를 냈다.

하지만 자신이 무엇을 잘못했는지 알 수가 없었다.

지지리도 못사는 내 미래에 너도 포함되어 있다고 하니, 불쾌한 것일까?

그저 혼란스러웠다.

"……."

인수는 아차, 싶었다.

"아니. 그러니까 그게……. 네가 어떤 기시감으로 인해 쓸데없는 걱정을 하는 거 같아서."

"기시감 그런 게 아니야. 난 분명히 봤어."

"우리는 스스로 운명을 만들고는 그걸 운명이라고 불러. 만약 네가 본 불행한 장면들이 정말 미래라고 한다면 지금부터 내가 바꿀 거야. 절대로 그렇게 되지 않게 내가 바꿀 거라고."

"……네가 왜?"

세영은 도대체 인수의 마음을 종잡을 수가 없었다.

"아니……. 거기에 나도 있었다며. 그만 하자. 좀 먹어."

"역시."

"응?"

"너도 있었다니까 그것 땜에 불쾌했구나. 미안."

"아냐. 그런 게 아냐."

인수가 당황해하며 가스 불을 다시 켜는 그때였다.

세영은 또 다시 인수의 얼굴을 살폈다.

인수는 민망할 정도였다.

"왜 그렇게 봐……."

"아니야……."

세영이 눈을 피했다.

더 이상 말하지 못했다.

아무리 생각해보아도, 평행우주가 아니라면 우리는 부부였던 것 같다고.

말하면 인수가 정말 화를 낼 것 같았다.

인수도 조용히 라면사리를 집어넣고는 펄펄 끓는 것을 지켜보기만 할 뿐이었다.

그러자 세영이 조심스럽게 입을 열었다.

"평행우주…… 알지?"

"아, 맞다. 바로 그거네."

인수는 평행우주라는 말에서 앓던 이가 다 빠진 기분이었다.

왜 이런 식으로 마음을 편하게 해주지 못했던 걸까?

사람은 누구나 다 여유를 잃으면 넓게 보지 못한다.

"그래도 어떤 영향력을 받지 않을까? 아무리 다른 우주라고 해도."

"에이, 거기까지 걱정하는 건 정말 기우다. 이론은 그냥 이론일 뿐이야. 아직 밝혀진 건 없어."

"그래……."

순간, 어두워진 세영의 표정에서 인수는 실수에 또 실수를 했다는 사실을 깨달았다.

걱정시키지 않으려고 한 말인데…….

"알았어. 저기 오늘 정말 즐거웠어. 고마워. 근데 있잖아……. 나… 당분간……."

이제는 세영이 먼저 작별을 고하고 있다.

우리는 언제까지 이렇게 돌아가야 하는 걸까?

평행우주이론을 둘 다 인정하니, 서로를 향한 걱정과 애틋한 감정도 평행선을 유지하는 것처럼 식어버린 것만 같았다.

우리에서 다시 평행선을 유지하는 각자가 되었다.

"무슨 말이야?"

"아… 그게 그러니까 뭐 너도 그렇고, 나도 그렇고 공부도 해야 하고."

"알았어. 그래도 전화는 꼭 받아. 걱정되니까."

세영은 대답하지 않았다.

그러자 인수가 세영의 표정을 살피며 다시 강조했다.

"전화는 꼭 받으라고."

인수가 재촉하자, 세영이 또 다시 인수의 얼굴을 빤히 쳐다보았다.

"근데 너……."

"응?"

"아냐."

세영의 표정이 미묘했다.

지금 그렇게 우리가 마치 사귀는 사이처럼 말하는 건 조금 곤란하다는 표정.

"……."

그 마음을 읽은 인수는 할 말을 잃고 말았다.

그렇게 두 사람은 펄펄 끓는 라면사리를 쳐다만 볼 뿐이었다.

인수는 잠자코 불을 줄였다. 라면사리가 완전히 퍼져버렸다.

"다 퍼져버렸네."

인수가 불을 끄며 말하자 갑자기 세영이 표정을 바꾸어 활짝 웃으며 말했다.

"수연이? 수연이라고 했지? 잘 있어?"

인수의 표정이 잠시 굳었다.

그 상태로 건성으로 고개를 끄덕이는 것으로만 대답했다.

잘 있다고. 그냥 다른 얘기하자고.

지금 수연을 언급하는 것이, 마치 선을 가르는 것만 같았다.

"정말 예쁜 거 같아."

"저번에도 말했어."

"그랬나? 맞아. 그랬지."

또 다시 침묵만이 오고갔다.

인수는 네가 더 예뻐, 라고 말하고 싶은 것을 꾹 참았다.

세영은 두 사람 정말 잘 어울린다고 말하려다가 그냥 입을 꾹 다물었다.

그렇게 시간만 흘러갔다.

인수가 먼저 젓가락을 들었다. 세영도 젓가락을 들었다.

두 사람은 서로 어색해서 퍼진 라면이라도 먹어야지 뭘 어떻게 할 수가 없었다.

"가끔 퍼진 라면도 맛있어."

"퍼진 게 뭐가 맛있어."

"아냐. 먹을 만해."

세영은 자신이 한 말에 책임이라도 지듯 퍼진 라면을 접시에 옮겨 맛있게 먹었다.

인수는 그 모습을 보고 있노라니, 당시의 아픈 기억들이 또 떠올라 가슴이 아려왔다.

동시에 수연의 얼굴도 떠올랐다.

인혜의 말대로 난 정말 나쁜 놈일까?

밀어낼 수 있는 만큼은 밀어냈다며 스스로를 합리화해보지만, 수연을 의식하는 세영을 보고 있노라니 양쪽에게 미안한 건 사실이었다.

제26장. 장인어른의 극한체험

트리니티 레볼루션
Trinity
Revolution

제26장. 장인어른의 극한체험

　김영국이 요즘 계속해서 자신들을 피하자, 수십억 원의 수익 앞에서 목숨이라도 바칠 것처럼 굽실거렸던 김운택과 김서용이 서서히 본색을 드러내기 시작했다.

　처음에는 갑자기 집으로 쳐들어왔고, 회유책으로 김서용이 운영하는 룸살롱에서 술과 여자로 김영국을 달랬었다.

　오늘도 마찬가지였다.

　"우리 김 사장님 왜 이렇게 소심해지셨을까?"

　'15퍼센트가 아니면 절대로 사인 못한다, 이놈들아.'

　이런 결심을 굳히고 있는 김영국은 심기가 매우 불편했다.

"이 운택이가 여기저기 뛰어다님서 약을 다 발라놨는데 이제 와서 문제가 있다고 말씀하시면 제가 섭하죠."

"조합장님. 제 말은…… 보상이 제대로 이루어지지 않은 상태라. 철거민들이 강력하게 반발할 거 같으니까 그런 뜻에서……. 그러면 골치 아파지잖습니까. 제 말을 뭐 그렇게 오해하지 않았으면 좋겠네요."

"아, 어디든 반발이야 있지라!"

"일단 한 잔 하고 얘기하죠? 야 이 년들아 제대로 안 모셔?"

김서용이 아가씨들에게 눈을 부라렸다.

"네, 오빠!"

몸매가 쭉쭉 빵빵하고 예쁜 아가씨들이 김영국의 양쪽에 딱 달라붙어 코맹맹이소리를 하며 온갖 교태와 애교를 부리기 시작했다.

예전 같았으면 이러한 향응제공을 받는 자신이 뭐라도 되어 보이는 것처럼 느껴졌었지만, 시간이 갈수록 그저 불편할 따름이었다.

하지만 김영국은 일단 분위기를 깰 생각은 없었기에 적당히 술을 마시며 김운택과 김서용의 말을 들어주었다.

업체선정대가로 회사수익금의 30퍼센트 지분은 터무니없다.

"그 감정평가사가……."

"하, 그놈의 감정평가!"

"진짜 안 되겠네."

김영국은 보상 문제를 둘러싼 감정평가를 계속 도마 위에 올리며 버티다가 김운택과 김서용의 심기를 건드리고 말았다.

"야! 이 쌍년들아! 다들 나가!"

김서용이 소리치자 아가씨들이 깜짝 놀라서 밖으로 튀어나갔다.

분위기가 험악해지자 더 이상 물러설 곳이 없는 김영국도 확실히 해야만 했다.

드디어 올 것이 왔다.

"그러면 다른 시행자를 알아보는 게 나을 것 같습……."

김영국이 발을 뺄 의사를 엿보이자, 김운택은 불같이 화를 내고 말았다.

"김 사장님! 도대체 이러는 이유가 뭐요? 여기 우리 서용이 동생이 나머지 일은 다 알아서 한다잖아! 그 지분 때문에 이러는 거요? 좋수다! 25프로로 합시다. 우리가 25프로만 챙길 테니까 그만 맘 돌리쇼."

우두두둑.

김서용이 똥 씹어 먹은 표정으로 몸을 풀 듯 고개를 한 바퀴 돌리자 김영국은 움찔했다.

"그게……."

"아 진짜 우리 김 사장님 왜 이러실까? 우리가 앞으로 잘 되면 엄청난 돈이 계속 들어올 건데 미래를 생각합시다. 미래."

김운택이 옆에 앉아 어깨동무를 해오며 술잔을 들었다.

김영국은 잔뜩 겁을 집어 먹은 채로 건배를 했다.

김운택의 지시로 아가씨들이 다시 들어왔다.

김운택이 협박이 먹힌 거 같아 기분이 좋아져 마이크를 들고 아가씨를 옆에 끼고는 노래를 부르기 시작했다.

김영국은 적당히 박수를 치며 분위기를 맞추다가 화장실에 간다며 도망치듯 자리를 빠져나오고 말았다.

그렇게 한참을 노래 부르고 있는데, 김영국이 차를 타고 가버렸다는 보고를 들은 김운택과 김서용은 서로의 눈을 바라보았다.

다음 날.

김운택이 김서용의 가게 블랙로즈를 찾아왔다.

"서용아 김 사장 그 새끼 더 이상은 안 될 거 같지?"

"일단 지켜보자고요."

김서용이 오히려 차분하게 나오자 김운택은 양주잔을 비웠다.

속이 쓰린 표정을 짓자, 김서용이 그런 김운택을 보며 고개를 설레설레 저었다.

"지분은커녕 저 새끼한테 받을 돈도 못 받는 거 아냐?"

"일을 그 지경으로까지 몰고 가면 안 되지요."

"내가 보기엔 맘 떠난 거 같은데. 손 떼고 나가면서 내가 그 감정평가사랑 여기저기 약 바른 거 찌르기라도 하면 우짜냐. 저런 놈들이 빠져나갈 때는 그냥 곱게 안 빠져 나가요."

"그렇긴 하지요."

"확 그 딴 식으로 나오기 전에 묻어버려야 하나?"

김운택이 말하자 김서용의 눈빛이 색안경 안에서 번뜩거렸다.

"아이고 성님. 성님이 사람 묻어나 봤수? 뭐 그런 무서운 말을 하고 그러셔."

김운택은 자신이 직접 지시를 내리지 않아도, 김서용이 알아서 김영국을 상대로 30퍼센트 지분을 따내길 바라고 있는 것이었다.

"성님. 성님은 사람을 단단히 잘못 봤어라. 김영국이 개새끼…… 독수리는 쓰벌 참새새끼구만."

김서용이 목을 한 바퀴 돌리며 말했다.

"서용아. 한 번만 더 말해보자."

김서용이 고개를 설레설레 저었다.

그 모습을 슬쩍 엿 본 김운택의 한쪽 입꼬리가 씩하고 올라갔다.

손 안대고 코 풀 수 있겠구나, 하며.

다시 3일 뒤, 블랙로즈 앞.

김영국은 뒤가 마려운 강아지처럼 안절부절 어쩔 줄을 모르며 그 앞을 서성거렸다.

"오늘은 결판을 내야지!"

말은 이렇게 하면서도 김영국은 막상 안으로 들어가지를 못했다.

육교 위에서 그 모습을 지켜보고 있는 인수는 답답할 뿐이었다.

김영국의 양복 윗주머니에는 볼펜모양의 녹음기가 꽂혀 있었다.

"이놈들. 특수협박에 해당하는 증거를 단단히 잡아내겠어."

김영국은 알고 있는 애송이 검사 하나만 믿고 준비하는 것이었다.

하지만 그 검사가 부패검사여서 김운택에게 더 오랜 친분이 있고 받아먹은 게 더 많으면 다 부질없는 짓이었다.

오히려 더 큰 화를 당할 것이다.

놈들은 오늘 틀림없이 무리수를 두어서라도 장인어른을 협박할 것이고 장인어른이 혼이 나서 정신을 똑바로 차리면, 인수는 그때 나서서 놈들을 응징할 생각이었다.

중요한 것은 김영국의 안전이었다.

인수가 이런 염려를 하고 있는 그때 김영국이 목을 돌리며 긴장을 푼 뒤 호흡을 크게 한 번 하고는 안으로 힘차게 들어갔다.

하지만 가게 안쪽에서부터 밀걸레질을 하며 나오는 웨이터와 눈이 마주치자 김영국은 발걸음을 멈추고는 획 뒤돌아섰다.

인수가 그 모습에 한숨을 푹 내쉬자 김영국이 다시 뒤돌아서더니 이제야 안으로 들어가고 있었다.

한데 가게 문을 향해 가는 것이 아니라 복도 끝에 있는 화장실로 들어간다.

"저렇게 겁이 많으셔서야……."

육교에서 내려온 인수는 딱한 눈으로 김영국의 뒷모습을 보았다.

◇ ◆ ◇

화장실 안.

김영국은 소변기 앞에서 지퍼를 내리고는 소변을 보았다.

문득 자신의 물건을 내려다보니, 얼마나 겁을 집어 먹었나 물건이 번데기처럼 쪼그라들어 있었다.

177

순간, 김영국은 화가 났다.

"남자가 대가 있지!"

몸을 부르르 털며 용변을 마친 김영국은 두 주먹을 불끈 쥐었다.

화장실에서 나온 김영국은 곧바로 가게 문을 열고는 쳐들어가듯 안으로 들어갔다.

하지만 안으로 들어서자, 분위기가 전과는 완전히 달랐다.

열 명이 넘는 건달들이 양쪽으로 쭉 서 있었다.

건달들이 무서운 눈으로 쳐다보자, 김영국은 방금 싼 오줌이 다시 마려웠고 심장이 다 멎어버릴 것만 같았다.

그때 한 건달이 김영국을 위아래로 흘겨보며 3호실로 다가가 문을 열더니, 인사를 90도로 하며 말했다.

"형님. 김 사장 왔습니다."

열린 문틈으로 김서용이 보였다.

그 옆에는 김운택이 앉아 있었고 그 뒤로는 험한 인상과 덩치를 자랑하는 어깨들 다섯 명이 서 있었다.

아가씨는 한 명도 없었다.

"들어가시지요."

김영국이 안내를 받고는 침을 꿀꺽 삼키며 문 옆에 섰는데, 문 바로 옆에 덩치가 커다란 놈이 미키마우스가 그려진 속옷만 입고는 원상폭격 상태로 몸을 발발 떨고 있는 것이 아닌가!

박동구였다.

"어이, 김 사장. 드르와."

다짜고짜 반말이었다.

그때 김영국이 몸이 얼어붙은 채로 가만히 있자, 한 건달이 뚜벅뚜벅 걸어와 막무가내로 뒷덜미를 낚아 채 안으로 끌어들였다.

문이 닫혔다.

김영국은 박동구를 지나쳐 김서용의 옆에 섰다.

다리가 후들거렸고, 한기가 몰려왔다.

현기증도 일어났다. 아찔했다.

이러다가는 정신 줄을 놓쳐버릴 것만 같았다.

손이 양복 윗주머니로 올라가지를 못했다.

녹음버튼을 눌러야 하는데, 그것이 그렇게 힘들었다.

들키면 맞아 죽을 것만 같아 용기가 나지 않았다.

"왜 그러고 섰어? 앉지 않고."

대놓고 반말이었다.

김서용이 턱으로 자리를 가리켰다.

옆에서 김운택은 본 체 만 체 담배만 피워댔다.

김영국은 헛기침을 하며 자리에 앉았다.

자리에 앉았는데도 두 다리가 박동구의 다리처럼 바르르 떨렸다. 자동이었다.

이제 막 입대한 신병처럼 팔을 쭉 펴 무릎에 올린 상태로 앉았다.

"내가 별 꼴을 다 본다. 그지?"

김서용은 이제 슬슬 시작해볼까? 하는 표정으로 금시계를 풀었고, 색안경을 벗으며 자리에서 몸을 일으켰다.

뒤에서 한 건달이 그 금시계와 색안경을 두 손으로 넙죽 받았다.

"박동구."

김서용은 팔을 걷어붙이며 야구방망이를 들었다.

"네, 형님!"

박동구는 몸을 바르르 떨며 최선을 다해 큰 목소리로 대답했다.

"남도식당. 너 며칠까지 해결할 수 있다 그랬지?"

"일주일입니다, 형님!"

"근데 지금 며칠 지났어?"

"그, 그게!"

퍼어억. 퍼어억. 퍼어억. 퍼어억.

박동구가 막 대답을 하려는 그때 야구방망이가 엉덩이를 후려치기 시작했다.

박동구는 몇 대 맞지도 못하고는 끄윽, 하며 균형을 잃고는 넘어졌다.

"어허. 똑바로 안 해?"

재빨리 일어섰다가, 다시 머리를 박는 박동구.

"너같이 약속을 어기는 놈들은 사람대접해줄 필요가 없어. 남도식당이 계속 버티니까 다들 버티는 거고 우리 김 사장님도 마음을 못 잡수시잖아."

퍼어억. 퍼어억. 퍼억. 퍽. 퍽. 퍽. 퍽.

야구방망이가 계속 내려쳐질 때마다 살벌한 소리가 실내에 울려 퍼졌다.

"형님! 잘못했습니다! 다시는 실망시키지 않겠습니다! 저 동구가 당장 가서 학교 갈 생각으로 쓸어버리겠습니다!"

박동구는 재빨리 무릎을 꿇고는 싹싹 빌었다.

"이게 주둥아리만 살아가지고는. 언놈한테 쥐어터지고 다니질 않나. 아, 시팔 이런 놈을 믿고 내가 일을 맡겼다니."

김서용이 말을 하다 말고 확, 하며 다리를 번쩍 들어올렸다.

"형님! 죄송합니다, 형님!"

박동구가 본능적으로 두 손을 교차해 얼굴을 방어했다.

"어라?"

"아닙니다. 형님."

박동구는 발이 날아오지 않자, 재빨리 얼굴을 방어했던 두 손을 내려 차렷 자세를 취했다.

퍼어억. 퍼억. 퍽. 퍽. 퍽. 퍽.

그러자 그 발이 날아들었다.

박동구는 안면을 짓밟혀 다시 깁스가 날아가며 코피가 터졌고, 입술도 터지고 의치도 빠지는 바람에 피를 철철 흘렸다.

그때 김영국은 달달달 떨리는 손을 겨우 올려 버튼을 눌렀다.

순간, 김서용이 휙 돌아보더니 김영국을 향해 씩 웃었다.

김영국은 심장이 덜컹하며 발밑으로 떨어지는 줄만 알았다.

"아이고, 우리 김 사장 놀랐나?"

김영국은 침을 꿀꺽 삼킬 뿐 대답하지 못했다.

김서용은 다시 보란 듯이 박동구의 허벅지에 야구방망이를 휘둘렀다.

퍼어억. 퍼어억. 퍼어억. 퍼어억.

한참을 그렇게 박동구를 때리다가 체력이 다해 지쳤는지, 김서용은 소파에 드러눕듯이 앉아 숨을 몰아쉬며 김영국을 노려보았다.

그때 김운택이 여전히 담배를 피우며 비실비실 웃었다.

"한중아."

김서용이 뒤에서 금시계와 색안경을 받은 부하의 이름을 불렀다.

"네, 형님."

"연장 줘봐. 도저히 못 참겠다."

"네, 형님."

이한중이 발목에서 회칼을 꺼내어 김서용에게 건네주었다. 박동구가 화들짝 놀라 벌떡 일어났다.

"형님! 잘못했습니다. 제발 살려주세요! 한 번만 살려주세요!"

김서용은 두 손이 발이 되도록 싹싹 비는 박동구를 무시하고는 옆에 앉아 있는 김운택에게 몸을 돌렸다.

"응?"

김운택이 뭐지? 하며 김서용을 보았다.

순간, 눈 깜짝할 사이에 회칼이 김운택의 허벅지에 박혔다.

"크아아아악!"

난데없는 공격을 받고는 비명을 내지르는 김운택. 김영국의 두 눈이 휘둥그레졌다.

"으아 시팔! 너 나한테 왜 이래! 으아, 피!"

"아 조까고."

김서용은 칼을 뺄 때 입가로 튄 피를 손등으로 슥 닦으며 욕을 내뱉었다.

"씨벌 것들이 사업 좀 한다고 사람이 홍어 좆으로 보이나."

"서용아! 너 왜 이래? 응? 너 나한테까지 이러면 안 돼!"

김운택은 몸을 일으키지도 못한 채 한 발과 엉덩이를 이용해 소파를 쓸 듯 옆으로 도망치며 소리쳤다.

김서용이 그런 김운택을 보지도 않고 씩 웃었다.

새카만 잇몸과 차라리 궤멸에 가까운 치열이 혐오스럽게 드러났다.

"야 운택이. 니가 건달이야? 이 좀만 한 게 보자보자 하니까 은근슬쩍 나한테 일 다 떠넘기면서 담배나 쫙쫙 펴대고. 검사 몇 놈 아니까 뭐 눈에 보이는 게 없어? 나도 알아 검사. 니가 아는 놈보다 훨씬 위야 이 씨발놈아."

김영국은 분위기가 이렇게 돌변할 줄은 상상도 못했다.

그래서 겁을 잔뜩 집어 먹고는 밖으로 도망치기 위해 몸을 일으켰다.

그러자 김서용이 김영국의 어깨를 우악스럽게 잡아 눌러 앉혔다.

"어허, 어딜 가."

"이거 놔!"

쫘아악.

김서용이 뺨을 때리자, 김영국의 고개가 획 돌아갔다.

그와 동시에 입도 꿀 먹은 벙어리처럼 꾹 닫아졌다.

다시 신병처럼 두 팔을 쫙 펴서 무릎에 올렸다.

"김 사장. 우리 건달들이 왜 허벅지를 좋아하는지 알아?"

김영국은 무슨 말인지 몰라, 재빨리 고개를 저었다.

그러자 김서용이 김영국의 허벅지를 칼끝으로 더듬으며
말을 이었다.

　"허벅지 여기야말로 진짜 중요한 급소라 제대로 찔리면
과다출혈로 확 가거든? 근데, 대부분 판례가 살해의도가 없
는 과실치사 또는 상해야. 살해의도가 없었다. 이게 핵심이
라는 거지. 법을 다루는 저 높으신 양반들이 이 회칼로 사
람 허벅지를 쑤셔나 봤겠어? 그러니까 잘 모르지."

　김영국은 자신의 허벅지를 쓰다듬고 있는 칼끝을 보며
사시나무처럼 몸을 발발 떨었다.

　그 칼끝이 허벅지에 닿은 채로 바지를 툭 뚫고 들어왔다.

　"후! 김 사장. 내 돈 어떻게 할 거야? 내가 운택이 저놈한테
준 1억 8천 어떻게 할 거냐고? 한중아 이자 계산해드려라."

　"아니…… 그걸 왜 나한테?"

　잔뜩 얼어붙어 있다가도 돈 이야기가 얼토당토않게 나오
자 김영국은 즉시 말했다.

　"네, 형님."

　이한중이 뒤에서 계산기를 두드렸다. 계산은커녕 자판을
두드리는 흉내만 내고 있을 뿐이었다.

　"원금 1억 8천에 이자는 18억입니다."

　"뭐?"

　"들었어? 내 돈 18억 지금 줘. 아무나 줘. 그러면 사업이
고 뭐고 둘 다 보내줄게."

"말이 되는 소릴 해!"

"서용아! 이러지 말자! 응?"

"아, 거 시끄럽네."

김서용이 눈짓을 하자, 이한중이 김운택의 앞으로 이동해 얼굴을 빤히 들여다보았다.

"왜 이래? 얌마! 너 이 노무새끼! 저리 안 가?"

빠악.

김운택은 소리치다가 이한중의 주먹에 눈을 얻어맞았다.

불꽃이 튀었다.

정신을 못 차리다가 겨우 두 눈을 떴는데, 이한중이 여전히 한 손으로 김운택의 머리칼을 움켜쥐고선 얼굴을 들이댔다.

"……!"

김운택은 깜짝 놀랐다.

또 한 대 맞을까봐 무서웠다.

역시나 이한중은 김운택의 상태를 살피더니 다시 주먹을 한쪽 눈에 또 꽂아 넣었다.

빠아악.

"그, 그만… 그만……."

김운택이 바르르 떨리는 두 손을 겨우 저으며 애원하자, 이한중은 김서용의 지시를 받고는 다시 제자리로 돌아가 양손을 가운데에 곱게 모으고 섰다.

"퉤, 그래 이 존만이들아 앞으로 어떡할 거야? 사업 할 거야? 말 거야?"

"김 사장님! 잘 합시다! 네에? 제발 잘 좀 합시다! 아, 씨발 졸라 아파……."

김영국은 겁에 질려 가쁜 숨을 몰아쉬었다.

입이 떨어지지 않아 차마 무슨 말을 할 수도 없었다.

"김 사장. 앞으로 어쩔래?"

김서용이 이제 김영국을 내려다보며 묻자, 김영국은 재빨리 고개를 끄덕였다.

옆에서 이한중이 수건을 펼쳐 건네주었다.

김서용은 그 수건으로 직접 칼에 묻은 피를 정성껏 닦았다.

손잡이도 깨끗이 닦아내더니 수건으로 칼끝을 잡아 박동구에게 던져주었다.

"동구야. 받아라."

박동구는 지금 이게 무슨 뜻인지 잘 알고 있었다.

냉큼 칼을 쥐었다.

"네, 형님! 제가 가겠습니다!"

일이 잘못되면 자신이 한 짓이라고 경찰에 진술하겠다는 결심을 내보이고 있는 것이었다.

김서용이 박수를 짝짝 치더니, 손끝을 까딱거리며 이한중을 다시 불렀다.

"네, 형님."

"지금 시간이……. 전화해봐."

"네, 형님."

이한중은 어디론가 전화를 걸었다.

상대가 전화를 받자, 이한중이 김서용을 보았고 김서용은 손가락을 퉁겼다.

"다 들리게 해봐."

스피커폰을 누르자 여자아이들의 목소리가 들려왔다.

그냥 길을 걸으며 자기들끼리 일상적인 대화를 나누는 것이었다.

하지만 그 목소리 중에 세영의 목소리가 들려왔다.

"들려? 김 사장 딸 목소리?"

"뭐……?"

"뭐가 뭐긴 뭐야. 우리 애가 뒤에 찰싹 달라붙어 있나 보구만."

[떡볶이는 무슨. 오늘은 생각이 없네.]

힘없이 들려오는 세영의 목소리로 인해 김영국의 두 눈은 완전히 꺾이고 말았다.

더 이상 버틸 수가 없었다.

"딸이 겁나게 이뻐."

김서용이 손짓을 하자, 전화기 홀더가 닫혔다.

"자, 이제 다시 시작해봅시다."

김영국이 또 재빨리 고개를 끄덕였고, 김운택도 역시나 고개를 끄덕였다.

"수익지분은 몇 퍼센트?"

"30퍼센트입니다."

"좋아."

이제 이렇게 모든 교통정리가 끝났다고 생각했다.

"자 이제 계약서를 작성할 건데 딴소리 하면 안 돼?"

"네."

"진즉에 이랬어야지."

김서용이 손을 들자, 이한중이 김서용의 손에 금시계를 채워주었다. 얼굴에 색안경도 씌워주었다.

"그럼 계약 체결하고 잘들 놀다가쇼. 내가 그냥 아가씨들을 특급으로 넣어줄 테니까. 어, 다리가 그래서 못 놀겠구나."

김서용이 소파에서 몸을 빼내 탁자를 돌아 밖으로 나가려는 그때였다.

문을 열어준 똘마니의 손이 무색하게 김서용은 밖으로 나가지 못하고 안으로 들어오는 누군가를 맞이해야만 했다.

"뭐여?"

김서용이 물었다.

인수가 안으로 들어오더니 김서용의 앞에 섰다.

그리고는 등으로 문을 닫았다.

"그래. 항상 이런 식이지. 김서용. 이러면 네 놈 뜻대로 될 줄 알았어? 사람을 이렇게 공갈하고 협박하고 말이야."

모두 다 인수의 말을 똑바로 들었다.

김영국은 뭐 경찰이야? 하는 표정으로 인수를 보았다.

"야가 누구다냐?"

김서용이 고개를 뒤로 돌리고는 부하들에게 물었다.

누가 경찰 불렀어? 하는 표정이었다.

그렇게 못난 치열을 드러내며 활짝 웃다가, 부하들도 어깨를 으쓱하자 다시 뒤돌아 인수를 보는 그때였다.

"일단 좀 맞자?"

인수는 엄지를 세워 들었다.

슉.

소리와 함께 엄지가 관자놀이에 박히자 김서용은 휘청거렸다.

갑자기 눈에 불이라도 붙은 것처럼 뜨거워 앞을 볼 수가 없는 그 와중에도 본능적으로 주먹을 휙휙 휘둘렀다.

하지만 인수의 몸은 이미 소파를 엉덩이로 타고 넘어갔고, 발을 힘차게 내지른 상태였다.

퍼어억.

앞에 있던 이한중이 몸을 미처 움직이기도 전이었다.

이한중은 인수의 발에 안면을 허용하고는 뒤로 주춤거리

며 물러났다.

"크흑!"

하마터면 양팔을 허우적거리며 자빠질 뻔한 것을 뒤에 서 있던 수하들이 잡아주어 겨우 버텼다.

"이 새끼!"

김서용이 색안경을 벗어던지더니, 눈을 찔끔거리며 인수를 찾았다.

관자놀이에 송곳이 박혀 있는 것만 같았다.

그때 인수의 몸은 다시 붕 날아올라 소파를 밟고는 탁자 위로 올라섰다.

"잡아!"

한 놈이 발을 박차고 튀어 올라 탁자 위로 올라서는 그때 인수가 놈의 정강이를 노리고 발로 밀어 차버리자 앞으로 넘어지며 탁자에 턱을 찍었다.

콰직!

그때 양옆으로 이동해온 두 놈 중 한 놈이 회칼을 들고는 인수의 발목을 그었다.

쉐액.

인수는 한발을 들어 그 칼을 피했다.

한데 그 발은 피하기만 한 것이 아니라 공중에서 원을 그리며 칼이 지나간 궤적을 정확하게 따라가 놈의 손등을 걷어찼다.

타악.

손등을 얻어맞은 놈은 누군가가 자신의 손목을 붙잡고 잡아당기기라도 한 것처럼 손목이 비틀어진 방향을 따라가며 어, 라는 말만 내뱉을 뿐이었다.

타앙.

인수는 탁자 위에서 발을 박차고 날아올라 놈의 뒤통수를 향해 한쪽 무릎을 세웠다.

빠아악.

인수의 무릎에 뒤통수를 얻어맞은 놈은 이미 의식을 잃은 상태로 앞으로 달려가더니 모니터에 철퍼덕 부딪치고는 주르륵 흘러내렸다.

"새끼!"

그때 어느새 인수의 뒤로 다가온 놈이 옆구리를 노리고는 회칼을 쑥 쑤셔 박았다.

하마터면 찔릴 뻔했다.

인수는 옆구리를 스치고 들어온 칼을 팔뚝과 손으로 붙잡은 뒤, 놈의 손목을 꺾어버렸다.

우두둑.

"끄아아악!"

관절이 뒤틀려 빠지는 소리와 함께 놈이 비명을 내질렀다.

칼이 바닥에 떨어졌다.

인수는 그런 놈의 사타구니를 발로 걸어 차버렸다.

"커헉… 끄어어어어어어."

놈은 소중한 알(?)이 터져버리자 눈이 풀리더니 그대로 주저앉고 말았다.

"잡아! 저 새끼 잡아!"

김서용이 눈을 찔끔거리며 소리쳤다.

그러자 세 놈이 동시에 인수에게 달려들었다.

슉.

인수가 가장 가까운 놈이 내지른 주먹을 옆으로 슬쩍 피하며 팔을 타고 돌아 등 뒤에서 관자놀이를 엄지로 찔렀다.

"큭!"

놈은 주춤거리며 뒤로 물러났고, 인수는 소파를 밟으며 실내를 한 바퀴 돌아 다시 모니터 쪽으로 몸을 빼냈다.

그때 이제 겨우 시야가 확보된 김서용이 앞을 가로막고 있는 수하 두 놈 사이를 파고나왔다.

인수를 향해 칼을 휘두르며 돌진해왔다.

인수는 바닥의 칼을 집어 들었다.

쩌엉.

칼이 그어지자, 집어든 칼로 그 칼을 쳐냈다.

슉슉, 슈슈슉.

이한중이 합세했다.

어느새 옆으로 다가와 칼을 휘둘렀다.

쩌정. 쩌쩌정.

두 사람의 칼을 받는 인수의 몸이 뒤로 밀려 대형모니터
와 벽사이로 들어가 파묻혔다.

그때 기이한 현상이 펼쳐졌다.

인수의 얼굴이 삼류무사 위소의 얼굴로 변형되기 시작한
것이다.

콰가각. 콰각. 콰가가각.

인수의 목덜미를 노리는 김서용의 칼은 대형모니터고 벽
이고 뭐고 없이 닥치는 대로 그으며 홈을 파고 들어왔다.

그 옆에서 이한중이 오히려 신중하게 인수의 손목을 노
리며 칼을 그었다.

인수는 쥐고 있던 칼을 재빨리 손등으로 돌려보냈다. 칼
이 손등을 타고 한 바퀴 돌아 다시 잡히며 이한중의 칼을
막았다.

쩌정.

그 순간 인수의 왼쪽목덜미를 향해 김서용의 칼이 비집
고 들어왔다.

슈슉. 콰가각.

머리를 젖혀 겨우 피한 인수는 김서용의 칼이 모니터와
모니터 사이에 박혀 있는 것을 보고는 발로 정강이를 깎듯
이 차버렸다.

"크옥!"

김서용이 단발마의 비명을 내지르더니, 다리를 절뚝거리며 뒤로 물러났다.

이한중이 그때를 놓치지 않고 집요하게 파고들며 칼을 휘둘렀다.

날이 선 회칼만큼이나, 굉장히 정교했고 빨랐다.

구석으로 몰린 인수로 하여금 밖으로 빠져나올 틈을 전혀 주지 않았다.

쩌정, 쩌저정. 쩌엉.

그 칼을 힘겹게 받고 있는 그때.

"비켜!"

이한중의 뒤.

김서용이 다리를 절뚝거리며 다시 돌진해왔다.

이번에는 야구방망이.

김서용은 이제 야구방망이로 내려치면 모든 것이 끝날 것처럼 인수의 머리를 향해 수직으로 야구방망이를 내려쳤다.

순간 인수도 한 손을 높이 들어올렸다.

장근에 내공이 실리며 적타광구의 초식이 펼쳐졌다.

빠아악.

야구방망이가 수직으로 내려오다가 오히려 장근에 밀려 부러지는 것과 동시에 김서용의 얼굴을 강타해버렸다.

빠박, 빠아악.

김서용이 돌진해오다가 오히려 부러지는 야구방망이에 얻어맞으며 뒤로 휘청거리자 이한중도 멍한 상태가 되어버렸다.

그리고 다시 높게 올라가 쫙 펴졌다가 살짝 쥐어진 손바닥.

이 난리를 멍하니 지켜보던 김영국의 두 눈이 번쩍 떠졌다.

빠아악. 빠아악. 빠아악. 빠아악. 빠아악. 빠아악.

땡그랑.

자신이 얻어맞는 것도 아니건만, 이한중의 손에서 회칼이 떨어져 바닥을 굴렀다.

김운택은 멍한 표정이 되었고, 김영국도 놀란 눈으로 침을 꿀떡꿀떡 삼킬 수밖에 없었다.

장근에 귀싸대기를 얻어맞는 김서용은 뒤로 물러나며 고개가 휙휙 돌아갔는데, 정확하게 다시 돌아와 계속 때리라고 대주기를 반복했다.

김서용은 탁자에 엉덩이를 기댄 상태로 계속 안면을 얻어맞기 시작했다.

빠아악. 빠아악. 빠아악. 빠아악.

그렇게 정신을 잃고서 탁자 밑으로 흐르듯 넘겨졌을 때 인수의 발에 얼굴을 짓밟힌 상태로 푸다닥거리는 꼴이 비참할 정도였다.

"형님!"

박동구가 소리치며 달려들었다.

이한중도 겨우 정신을 차리고는 욕을 내뱉으며 달려들었다.

"이 새끼 죽인다!"

건달들이 사방에서 동시에 달려들었다.

형님이 당하는 꼴에 정신을 못 차리고 있다가 박동구가 소리치며 달려들자 겨우 정신이 든 것이었다.

인수는 먼저 달려온 박동구를 향해 보조 소파를 발로 밀어 차버렸다.

박동구는 달려오다가 보조 소파에 무릎이 걸려 달려오는 힘에 의해 그대로 앞으로 고꾸라지고 말았다.

그때 이한중이 박동구의 등을 밟고 튀어 올라 인수의 가슴을 이단옆차기로 걷어찼다.

퍼어억.

인수가 가슴을 얻어맞고는 뒤로 물러났다.

양쪽에서 두 덩치가 인수의 양팔을 재빨리 붙잡았다.

힘이 굉장히 강했다.

제압에서 벗어나기 위해 힘을 쓰는 그때.

빠아악.

안면을 허용한 인수의 고개가 한쪽으로 휙 돌아갔다.

이한중의 주먹이 다시 날아와 꺾인 고개가 더 꺾였다.

빠아악. 빠아악.

"개새끼."

이한중은 이제야 끝났다고 생각하며 회칼을 집어 들었다.

"이 새끼 뭐야? 응? 이 새끼 뭐냐고!"

이한중이 수하들을 향해 소리쳤다.

박동구는 그제야 그때 그 옥상에서 모자를 눌러 쓴 그 놈이란 것을 깨달았다.

슬금슬금 마이크를 빼들고는 케이블로 인수의 목을 감아버리기 위해 다가왔다.

"쓰벌놈. 배때기를 쑤셔서 창자를 다 빼내주마."

욕을 내뱉은 이한중의 손이 먼저 배에 닿았다.

그대로 칼을 쑤셔서 박고는 막 휘저을 기세였다.

그 순간 서클이 저절로 회전하며 화이트존이 생성되었다.

인수의 의지가 아니었다.

우우웅.

그러자 인수의 몸이 홀로그램영상처럼 스르르 빠져나가 버렸다.

"……?"

칼을 쑤셔서 박으려던 이한중의 두 눈이 동그랗게 커졌다.

"바인딩."

인수가 주문을 터트리자, 박동구는 화들짝 놀랐다.

자신이 붙잡고 있는 마이크 케이블이 살아 있는 뱀처럼 요동치는 것도 모자라 이한중의 몸을 순식간에 휘감았다.

촤르르륵.

그리고 아나콘다처럼 요동치는 강력한 힘에 의해 박동구의 몸은 벽까지 날아가 부딪쳤다.

엄청난 힘이었다.

벽에 부딪쳤다가 바닥에 떨어진 박동구가 일어서지도 못한 채 두 눈만 깜빡거렸다.

"혀엉… 님."

모두 멍한 표정으로 케이블에 온몸이 묶여 있는 이한중을 보고 있는 그때 인수는 재빨리 탁자 위로 몸을 날렸다.

그제야 다시 놈들이 움직였다.

"라이트닝쇼크."

마음 같아서는 파이어웨이브를 펼쳐 모두 다 불태워 죽여 버리고 싶었다.

하지만 김영국이 보고 있기에 참았다.

새가슴인지라, 사람들이 불타 죽는 장면을 보게 되면 평생을 그 트라우마 속에서 살아갈 것이 틀림없었다.

빠지지직.

밑으로 내린 인수의 두 손가락이 슬쩍 올라가 놈들을

가리킬 때마다, 벼락이 떨어져 내렸다.

빠지지직, 빠지지지직.

벼락이 떨어질 때마다, 돼지가 고통스럽게 죽는 비명소리가 터져 나왔다.

"체인."

인수는 내리치는 벼락을 체인처럼 엮어 계속해서 터트려주었다.

김서용과 김운택을 비롯해 굴비처럼 엮인 건달들은 계속되는 전기감전으로 온몸을 바르르 떨었다.

빠지지지직!

불꽃이 사방으로 튀었다.

전기 해충 퇴치기에 사로잡힌 불나방들처럼 타들어가자 눈이 부실 정도였다.

김영국이 눈앞에서 일어나고 있는 믿을 수 없는 현상에 넋을 잃고는 멍하니 서 있자, 인수가 팔을 붙잡아 끌고는 밖으로 나갔다.

그때 김영국은 처음 들어올 때 자신을 노려보고 있었던 건달 놈들이 모두 바닥에 나자빠져 있는 것을 보았다.

빠지지지직!

김영국은 다시 뒤를 돌아보았다.

전기가 일으킨 불꽃은 사방으로 튀었고, 눈이 부실 정도로 휘황찬란하게 번쩍거렸다.

모두 다 전기해충 퇴치기에 걸린 불나방들처럼, 온몸이 타들어가며 고통에 몸부림치고 있었다.

단백질타는 냄새가 진동하기 시작했다.

이윽고 실내가 불이 붙어 타올랐다.

인수는 밖으로 나오며 마법을 거두어주었다.

"살려줘! 제발 살려줘!"

정신을 겨우 차린 놈들은 죽을힘을 다해 바닥을 뻘뻘 기며 탈출을 시도했다.

바닥에 널브러져 있던 놈들도 정신을 차리고는 탈출을 도왔다.

김서용을 비롯한 놈들은 겨우 목숨을 연명했지만, 이미 정상적인 생활을 할 수 없을 정도로 치명적인 부상을 입은 상태였다.

'평생을 고통 속에서 살아가며 반성해라.'

하지만 어쩌면 더 잔인한 처사일지도 모른다고 생각했다.

◇ ◆ ◇

며칠 뒤, 인수는 도서관에 비치된 신문을 보았다.

블랙로즈에서 일어난 일이, 전기누전사고로 인한 인명피해기사로 자그맣게 실려 있는 것을 확인했다.

사고를 당한 사람들은 정상적인 생활이 불가능할 정도로 중태에 빠져 있다고.

인수는 무표정한 얼굴로 신문을 제자리에 두고는 돌아섰다.

트리니티 레볼루션
Trinity
Revolution

제27장. 험한 세상 다리가 되어

광역수사대 베테랑 형사 남정우는 전직 마약수사관으로 일할 때부터 버릇이 된 트렌치코트에 모자를 즐겨 쓰는 스타일을 고수해왔다.

그는 최근 들어 일어난 미스터리한 사건을 파헤치고 있는 중이었다.

특히 로얄클럽의 박윤구 사망사건과 블랙로즈의 전기누전사건은 현장을 살펴보고, 피해자들의 몸을 아무리 살펴보아도 답이 나오지 않았다.

더군다나 남정우는 박윤구 의문사로 인해 팀장으로부터 서한철의 아내 오윤희를 직접 만나보라는 특별지시를 받았다.

박윤구의 의문사를 밝히기 위해, 광수대는 제3세대파의 핵심간부들을 상대로 집중적인 탐문수사를 펼쳤다.

지금은 어엿한 사업가로 변신해 있는 인간들이었다.

하지만 하나같이 건강과 심신상의 문제로, 절대안정을 취해야 한다며 만남을 거부했다.

"진짜 서한철의 유령이 나타났나?"

돌아가는 꼴이 정말 이상했다.

놈들의 측근들은 농담인 듯 진담인 듯 말을 건넸는데, 박윤구가 어떻게 죽었는지 그 진실을 알기를 오히려 그들이 원했다.

더군다나 그 어떤 증거조차도 남아 있지를 않으니, 더 이상의 수사는 어려웠다.

사인은 질식사였지만, 혀가 뽑아져 나온 것 말고는 누군가에게 목을 눌린 흔적도 없었다.

팔과 다리의 뼈가 군데군데 비틀리고 부러진 것도 외부의 흔적이 전혀 없었다.

그리고 목격자들의 증언에 따르면 혀가 저절로 뽑혀져 나왔고 팔과 다리를 비롯한 몸이 저절로 좀비처럼 비틀어졌다고 하니, 참으로 귀신이 곡할 노릇이었다.

부검 결과도 외부의 물리적인 행사가 전혀 없다니 기가 찰 노릇이었다.

사이코키네시스.

남정우는 지금 이 순간, 염력을 떠올리는 것도 맘에 들지 않는 마당에 팀장의 특별지시가 떨어지자 무척이나 못마땅했다.

"에이. 13년이 지났는데 그놈들 말대로 서한철 유령이 나타났다, 뭐 이런 겁니까?"

"서한철 유령이 아니라 서한철!"

"그러니까요. 유령이 아니라면, 한철이 형님이 무슨 염력 소유자가 되어서 돌아왔답니까?"

"거참, 모든 가능성을 다 열어둬야 할 거 아니야! 당장 만나봐."

"싫습니다. 저는 형수님 괴롭히고 싶지 않습니다. 형님 실종된 뒤로 13년이 지나도록 코빼기도 안 비치다가 이제 와서 무슨 염치로……. 막내 보내세요. 막내."

"얌마! 남정우! 그래도 네가 잘 아는 사이니까 네가 가야지 무슨 막내를 보내? 막내가 뭘 안다고! 야! 거기 안 서?"

남정우는 그렇게 손만 흔들며 밖으로 나와 버렸다.

그렇게 팀장이 열어둔 가능성을 배제한 상태였다.

서한철과 남정우는 함께 활동했던 마약수사관에서 남정우는 광역수사대로 서한철은 검찰수사관으로 전직된 후 서로 바쁜 날을 보냈었다.

그러다 신약사건이 터지며 서한철이 실종된 것이다.

그렇게 13년이 넘는 세월이 흘렀다.

그런데 이제 와서 박윤구가 의문사를 당했다.

서한철 유령설이 언급될 만도 했다.

하지만 그렇다고 해서 13년이 지난 지금, 이 사건으로 인해 형수님을 찾아뵙는 건 진짜 아니었다.

블랙로즈의 경우는 더욱 더 독특했다.

전기누전으로 인한 화재사고라지만 피해자들의 폐에는 연기로 인한 유독가스의 피해가 전혀 없었다.

먼저 일어난 폭행으로 인한 흔적과 칼에 찔린 흔적 그리고 전기접촉이 일어난 피부조직이 새까맣게 타서 떨어져 나간 것과 추후에 화상을 입은 것을 보면 한바탕 싸움이 먼저 일어난 것이 틀림없었다.

그런 뒤에 전기 줄을 서로 몸에 칭칭 감고 감전 사고를 당한 뒤 화재가 났다는 결론만 나올 뿐이었다.

"아니 이 양반들은 서로 싸우고 나서 노래를 부를 때 마이크 줄을 서로 몸에 감고 불렀나?"

피해자들의 감전으로 인한 화상흔적이 제각각 다르다면 이해를 하겠지만, 대부분이 몸에 다 같은 화상을 입었기에 납득이 되지 않는 것이었다.

그렇게 시간은 흘러, 질식사와 전기감전사고로 수사가 종결되었지만 남정우는 미심쩍은 부분을 떨쳐낼 수가 없었다.

그래서 로얄클럽 일대와 블랙로즈 일대의 CC카메라를 샅샅이 뒤지기 시작했다.

그러던 어느 날, 컵라면을 먹으며 화면을 살피던 남정우가 뭔가를 발견하고는 몸을 벌떡 일으켜 세웠다.

"이놈……. 뭔데 자꾸 눈에 걸리지?"

양쪽 일대에서 공교롭게도 카메라에 잡히는 남자.

바로 인수였다.

남정우는 동료들이 말렸지만, 현장에서 먼저 피신한 김영국을 상대로 재조사에 들어갔고, 곧장 남자의 신원파악에 들어갔다.

◇ ◆ ◇

남정우와 탁자를 마주하고 앉아 있는 김영국은 매우 피곤한 모습이었다.

이미 경찰수사에 성실하게 임했고, 수사가 종결된 상태이기에 다시 소환된 것이 못마땅하기도 했다.

"글쎄요. 모르겠어요. 절 구해준 남자……. 이상하게 기억을 하려고 들면 얼굴이 먹물처럼 번져버려요. 그래서 저역시 정말 궁금합니다. 그 지옥과도 같은 곳에서 기적적으로 절 구해준 은인이 누군지도 모르고, 또 고맙다는 말도 못하고 있으니까요."

그래도 김영국은 남정우가 묻는 말에 성실하게 답변했다.

이미 자기들끼리 야구배트로 일방적인 폭행이 있었고, 김서용이 칼로 김운택의 허벅지를 찌르며 협박한 사실도 또 다시 상세하게 밝혔다.

"그때 들어온 겁니다."

김영국은 자신이 겪은 일을 무슨 무용담처럼 떠들기 시작했다.

소파 위를 날아다니고, 칼과 칼이 부딪치고, 빡빡 소리가 울려 퍼지고…….

하지만 결정적으로 얼굴을 기억하지 못하는 김영국이었다.

"알겠습니다. 그 말은 이미 많이 들었습니다."

남정우가 그만 말렸다.

같은 말만 계속 반복되었다.

이래서는 엉킨 실타래를 풀 수 있는 그 어떤 실마리조차 얻을 수가 없었다.

사실 김영국은 자신을 구해준 남자를 분명 알고 있는 사람이라고 생각은 되지만, 도대체 누구인지 또 어디서 보았는지가 떠오르지가 않아 미쳐버릴 지경이었다.

그리고 이제는 정말 피곤했고, 다 잊고 싶은데다가 정체불명의 생명의 은인에게 불리한 발언을 굳이 할 필요가 없다고 판단한 것이다.

하지만 그가 누군지, 왜 자신을 도와주었는지, 정말 궁금한 것은 사실이었다.

"흠."

남정우는 고민 끝에 로얄클럽 사건에 대해 말을 꺼냈다.

"여기에도 이 남자가 있습니다. 과연 우연일까요?"

"허참, 저도 정말 궁금하네요."

하지만 김영국의 궁금증과 호기심만 더욱 키운 꼴이 되어버렸다.

"알겠습니다. 다시 한 번 협조에 감사드립니다. 이제 그만 댁에 돌아가셔도 됩니다."

"저도 궁금하니까 언제든 또 필요하시면 전화 주십시오."

김영국이 돌아간 뒤, 남정우는 고민에 빠져들었다.

일단은 이 정체불명의 남자를 찾아야만 했다.

남정우는 곧바로 CCTV에 찍힌 일대를 돌며 탐문수사에 들어갔다.

하지만 대부분의 사람들이 누군지 모른다며 고개만 갸우뚱거릴 뿐이었다.

꼬르륵.

탐문수사로 인해 하루 종일 끼니도 못 챙긴 채 돌아다녔다.

남정우는 허기진 배를 채우기 위해 한 식당에 들어갔다.

"국밥 하나 주세요."

국밥을 기다리며 TV를 통해 뉴스를 보았다.

눈은 멍하니 화면을 보고 있지만, 머릿속은 정체불명의 남자에 대한 생각으로 가득 차 있을 뿐이었다.

그가 염력의 소유자일까? 그러면 말이 되는데.

"분명 뭔가가 있는데……."

그때 TV뉴스는 부산요트경기장에서 호화요트 한 대가 의문의 폭발을 일으킨 소식을 전했다.

요트의 소유주는 백학기업의 3세 장우식이란다.

"잘 터져버렸다."

국밥이 나왔다.

밥을 말아 첫 수저를 뜨는 남정우는 이 집 국밥 참 맛있다고 생각했다.

"아이고, 맛나네."

남정우는 다음에 또 와야겠다고 생각할 뿐이었다.

그때 전화가 걸려왔다.

"여보세요?"

[남 형사님……. 저예요. 윤희…….]

"……!"

윤희라는 말에 남정우의 두 눈이 동그래졌다.

수저가 국밥에 묻혔다.

"형수님?"

[네. 잘 지내시죠?]

"세상에! 형수님! 정말 오랜만입니다. 죄송합니다! 제가 먼저 연락 못 드려서 죄송합니다!"

유정의 엄마였다.

[죄송하긴요. 괜찮습니다. 저는 잘 지내고 있습니다.]

"아휴, 죄송합니다. 정말 죄송합니다. 제가 자주 연락도 드리고 찾아뵙기도 하고 했어야 했는데요."

[바쁘시잖아요.]

"죄송합니다. 거듭 죄송합니다. 면목이 없습니다. 근데, 형수님 목소리가……."

[갑상선에 문제가 생겨서 수술 뒤로 목이 좀 잠겼어요. 저기 남 형사님…?]

"아이고, 어쩌다가……. 네, 말씀 하십쇼!"

[다름이 아니라……. 박윤구…….]

"아!"

유정의 엄마는 박윤구의 사망에 대해 물었다.

남정우는 현장목격자들의 진술을 가감 없이 그대로 전했다.

질식사로 보도되었지만, 그렇게 의문사이며 앞으로 밝혀지는 것이 있으면 제일 먼저 알려드리겠다는 말로 통화를 끝내려했다. 하지만…….

[어려운 부탁이라는 거 잘 알고 있습니다. 하지만……. 제가 꼭 확인해보고 싶습니다. 부탁드립니다.]

"······알겠습니다."

남정우는 고민 끝에 대답했다.

한동안 전화기만 바라보며 아무것도 하지 못했다.

국밥도 다 식었다.

그러기를 한참.

"형님 보고 싶네. 진짜 형님이 처리했나?"

남정우가 말하며 수저를 들어 국밥을 다시 떠먹기 시작했다.

그 모습은 우직하고 진실 되어 보였다.

◇ ◆ ◇

인수가 교문을 통과할 때 석태에게 전화가 걸려왔다.

목소리가 무척 다급한 것이 또 무슨 일이 터진 것이 틀림없었다.

"금방 교실 들어간다. 드가서 얘기하자."

인수가 교실로 들어서자, 아이들이 우하고 몰려들었다.

"뭐야?"

"대형사고야!"

아이들의 표정이 달랐다.

진짜 보통 일이 아닌 것이 틀림없었다.

인수는 석태의 설명을 들었다.

결국엔 장우식이었다.

장우식의 주도로 영호 그리고 김동철과 함께 1학년 아이들을 상대로 집단폭력을 행사한 것이다.

이유는 싸가지가 없다는 것이며, 피해학생들 중 한 명이 머리를 다쳐 뇌수술에 들어갔고 지금까지도 의식불명이었다.

피해학생들의 학부모들이 집단적으로 움직였다.

학교를 거치지 않고 교육청에 직접 신고를 해버렸다.

"이번엔 진짜 그냥 못 넘어갈 거야. 시라소니 인상 봤어? 완전 썩었어."

인수는 생각에 잠겼다.

당시에는 자신이 고스란히 당했던 고초가 1학년에게 내려간 것이다.

"잠깐만."

인수가 밖으로 나갔다.

교장실을 향해 걸어가며 서클을 회전시켰다.

화이트존이 뻗어나가 교장선생님과 교감선생님 그리고 학생주임을 감쌌다.

인수는 세 사람이 나누는 대화를 들었다.

"지금 학폭위원들 대부분이 양쪽 관련 학생들 어머니들입니다."

학생주임이 말했다.

"그러면 다시 구성해야죠. 어쨌든 학폭위에서 내리는 결과가 중요합니다. 어떤 결과가 나오든 우리는 그 결과에 따라야 하기에 학폭위원들부터 다시 구성하는 것이 맞습니다."

교장의 단호한 말이었다.

"재단에서 가만있지만은 않을 텐데요."

교감이 우려하며 말했다.

"나라의 법입니다. 나라의 법이 학교에 들어와 있으니 우리는 그 법을 지킬 뿐입니다. 그리고 재단의 강압과는 상관없이 어떤 결과가 나오든 제가 모든 것을 책임지면 됩니다."

"교장선생님……."

백학재단에서는 장우식을 보호하기 위해 교장선생에게 압박을 가하고 있는 상황이었다.

가해자에서 빼라는 것이다.

사건을 검토해본 교장선생은 주도자가 명백한 장우식이기에 그럴 수가 없었다.

어쨌든 중요한 것은 학교폭력위원회에서 결정될 것이다.

하지만 그 위원들이 장우식을 포함한 쪽의 입장을 옹호하는 것만큼은 반드시 막아야 했다.

그러니 어떻게든 이미 자신은 이 학교를 떠나야하는 현실을 피해갈 수는 없었다.

학폭위 구성부터 시작해 결과까지, 여러 선생님들에게 피해가 오는 것을 염려한 교장선생님이 고민 끝에 내린 결정이었다.

"분명 제가 책임져야할 일입니다. 선생님들은 나서야 할 때와 나서지 말아야 할 때를 알아야 합니다. 모두 흔들리지 말고 맡은 바 업무에 충실해주시길 바랍니다. 학생들도 다른 마음을 먹지 않고 공부에 충실할 수 있도록 지도바랍니다. 마지막으로 제가 이 학교를 떠나더라도 인수 학생 조기졸업은 계속 진행하시길 바랍니다. 인수 학생은 좋은 세상을 만들어낼 인재입니다. 좋은 세상이란 사람과 사람 사이에 벽이 아닌 믿음과 사랑의 다리가 놓인 세상이겠지요."

교장선생님의 말은 인수의 가슴에 닿아와 경종을 울렸다.

그렇게 재단의 강압과는 달리 교장의 운영방침에 따라 학부모회의를 거쳐 학교폭력위원회가 다시 구성되었다.

폭력사건과 관련된 학부모는 가해자 쪽이든 피해자 쪽이든 심사에서 제외되었다.

재단에서 사람이 쫓아와 교장을 협박했다.

협박이 통하지 않자, 회유책으로 현금이 든 비타박스를 들고 오기도 했다.

하지만 교장은 흔들리지 않았고 학교폭력위원회는 재구성되었다.

그렇게 학폭위가 열렸다.

피해자 쪽은 부모가 모두 참석했다.

장우식 측에서는 부모 대신 변호사가 참석했다.

국내 최고의 변호인단을 구성해 강력하게 대응하겠다는 말을 남기고 중간에 나갔다.

영호는 아버지와 어머니가 함께 찾아와 무릎을 꿇고 빌었다.

김동철의 어머니는 오히려 학폭위위원들에게 내가 누군지 아느냐며 욕을 내뱉고 소리를 질렀다.

"어머머, 기가 막혀!"

피해학생들의 부모는 두 번 상처를 받았다.

의무참석을 해야 하는 학교 담당 경찰관은 피해학생들과 그 부모에게만 물었다.

"피해학생은 손해배상을 청구할 수 있습니다. 하시겠습니까?"

재단에서 손을 쓴 탓에 사무적으로 할 말만 한 것이다.

"당연한 거 아니에요?"

"알겠습니다."

경찰관이 서류를 돌렸다.

"각 서류에 기재된 내용은 상대방에게 그대로 전달됩니다. 30일 이내에 내용증명과 함께 답변이 올 것인데 민사가 진행되면 패소판결이 나올 수도 있습니다."

피해자들은 기가 막혔다.

두 번도 모자라 세 번 죽이는 것이었다.

그렇게 13시간에 걸친 심사가 이루어졌다.

믿을 수 있는 건 교장의 뜻에 따라 다시 구성된 학폭위원들이었다.

학폭위원들은 꼼꼼하게 심사를 하고 벌점을 먹였다.

13시간 동안 교장도 자리를 떠나지 않았다.

그리고 마침내 심사결과가 나왔고, 학폭위가 끝났다.

장우식. 최영호. 김동철은 가해학생으로 강제전학을 판정받았다.

세 명의 학생들이 학교를 떠나는 날, 교장선생님도 책임을 인정하며 학교를 떠나야만 했다.

그 뒤를 학생주임이 눈물로 배웅했다.

인수는 운동장을 가로질러 가는 교장선생님의 뒷모습을 보고 있노라니 눈시울이 다 뜨거워졌다.

교장선생님이 하셨던 말씀이 계속 들려왔다.

진심은 진심을 알아보는 법이다.

피해학생 중 한 명이 교실창문을 활짝 열고는 선생님 사랑해요를 외치며 종이비행기를 힘차게 날렸다.

그렇게 학생들이 "선생님 사랑해요!" 라고 외치며 비행기를 접어 날렸다.

교장선생님이 운동장 한가운데에 서서 손을 흔들어 주었다.

풍채가 좋은 만큼 그 웃음도 넉넉하고 환했다.

인수는 울컥하며 올라오는 감정을 더 이상 참아낼 수가 없었다.

내가 나섰으면 어떻게든 바뀌었을 것이다.

하지만 교장선생님은 바라지 않았다.

다리를 놓으신 것이다.

"선생님!"

인수는 운동장으로 달려 나갔다.

그렇게 달려가 운동장에 엎드려 큰 절을 올렸다.

"박인수! 선생님의 뜻을 받들어! 좋은 세상을 만들기 위해 제가 할 수 있는 모든 노력을 다하겠습니다!"

"좋은 세상이란?"

"사람과 사람사이에 벽이 아닌 믿음과 사랑의 다리가 놓인 세상입니다."

교장선생님이 흐뭇한 눈으로 인수의 머리를 쓰다듬어 주었다.

"그래. 잘 부탁하마."

인수는 뜨겁게 흐르는 눈물을 참을 수가 없었다.

◇ ◆ ◇

남정우와 유정의 엄마 오윤희는 로얄클럽 간판 아래에서

발을 멈추었다.

이제 막 영업 준비로 바쁜 탓에, 종업원들이 실내를 오가며 두 사람을 전혀 신경 쓰지 않았다.

"저도 처음에는 놈들 내부에서 벌어진 일이라고 판단했습니다. 그래서 수사초점도 그렇게 맞추었고요. 한데 제3세대파 놈들을 상대로 조사를 해보아도 뭔가 이상한 겁니다. 이놈들 뭔가…… 와해되기 일보직전인 거 같은? 뭐 그런 느낌을 받았습니다."

오윤희는 임산부처럼 검정색 롱 치마 원피스에 청재킷을 걸친 상태로 남정우가 하는 말만 조용히 듣고 있을 뿐이었다.

"근데요 형수님……. 시간이 너무 많이 지났어요. 영업도 다시 시작했고요. 들어가도 뭘 건질 수 없을 겁니다."

남정우는 말을 하면서도 저절로 오윤희의 커다란 가슴에 눈이 돌아가자 깜짝 놀라며 죄책감에 사로잡혔다.

어디 감히 형수님의 가슴을……. 하지만 정확하게 13년이 지난 지금, 형수님의 가슴이 엄청 커진 것이 사실이었다.

"저도 처음에는……. 하지만… 석연치 않으니까……."

"그 마음 충분히 이해합니다. 형님이 살아계실 지도……."

"일단 들어가죠."

오윤희가 말을 끊고는 먼저 건물 안으로 들어갔다.

남정우가 머쓱한 표정으로 그 뒤를 따라 들어갔다.

"어서옵……."

종업원들이 손님인 줄 알고 인사를 하려다가 뭔가 느낌이 이상해 멈추었다.

한 녀석이 남정우를 알아보고는 재빨리 사장에게 달려갔다.

사장 오병욱이 잽싸게 튀어나왔다.

이미 혐의 없음으로 풀려났고, 영업도 다시 시작했는데 왜 또 찾아왔단 말인가.

가뜩이나 제3세대파 핵심간부들이 보내서 찾아왔다는 한 실장이라는 핏덩어리에게 무섭도록 추궁을 받았거늘.

"남 형사님 또 어쩐 일로……."

오병욱은 인사를 하다가 오윤희를 힐끗 훔쳐보았다.

볼륨이 장난 아니었다.

"됐고. 일봐."

남정우는 박윤구가 사망한 룸으로 향했다.

"여깁니다."

오윤희는 룸 안으로 들어가 실내를 살펴보았다.

테이블, 컵, 모니터, 마이크, 천장의 에어컨, 실내화장실.

눈으로 사진을 찍듯 그 무엇 하나 허투루 보는 것이 없었다.

하지만 아무리 살펴보아도 별 특별한 것을 찾지 못하겠다는 듯 고개를 저으며 밖으로 나왔다.

그때 설희가 껌을 짝짝 씹으며 옆으로 다가왔다.

"남 형사님 또 오셨네."

사장도 옆에서 대기했다.

뭘 물어보아도 당당하게 대답할 자신이 있기에.

"형수님, 이 두 사람이 당시 목격자입니다. 궁금하신 게 있으시면……."

남정우가 말하는 그때 오윤희가 사장과 설희의 앞에 서서 두 사람을 빤히 들여다보았다.

"그때 목격한 일 다시 좀 설명해봐."

"알겠습니다."

사장이 온몸을 사용해가며 즉시 설명에 들어갔다.

그러자 설희도 맞장구를 치며 보충설명을 이어갔다.

"근데 갑자기요, 케켁! 이러면서!"

설희가 혓바닥을 내밀며 열심히 설명을 하고 있는데…….

오윤희가 그들을 싹 무시하며, 그대로 밖으로 빠져나갔다.

"뭐야."

설희가 재수 없다는 듯 뒤에서 내뱉으며 껌을 씹었다.

남정우는 재빨리 오윤희의 뒤를 따라 나갔다.

"남 형사님, 부검결과 좀 확인하고 싶네요. 광수대에서 보도 자료로 공개한 거 말고 원본으로요."

"뭐 딱히 기자들에게 돌린 보도 자료와 다를 바가 없는 데요?"

"그래도 보고 싶습니다."

남정우는 잠시 망설였다.

굳이 못 보여줄 이유도 없었지만, 그것을 본다고 형수님이 뭘 알까?

"일단 가시죠."

"네."

오윤희가 조수석에 올라탔다.

남정우는 고개를 갸우뚱거리며 차량에 올라타 시동을 걸었다.

남정우와 오윤희가 떠난 로얄클럽.

잠시 후, 박재영이 홀로 들어와 오병욱을 찾았다.

오병욱은 이번에 검사가 직접 찾아왔다니, 또 달려 나와 넙죽 인사했고 룸을 보여주었다.

박재영도 대충 실내를 훑어본 후, 별 말 없이 밖으로 나갔다.

그러더니 당시의 상황설명을 또 요구했다.

사장과 설희는 또 열심히 연기를 하며 박윤구가 죽던 장면을 재현했다.

"그런데요, 검사님. 방금 전에 광수대에서도 형사가 다녀 갔습니다. 우리 또 정지 먹나요? 그러면 안 되는데……. 전 정말 억울합니다."

오병욱이 말하자, 박재영이 광수대 누구냐고 물었다.

"남 형사요. 어떤 여자랑 함께 왔는데……. 형수님이라 그러던데요?"

박재영의 두 눈이 번쩍거렸다.

인상착의를 묻자, 성실하게 답변했다.

"알았어."

박재영이 갑자기 밖으로 나가자, 오병욱과 설희는 오늘 뭔 날이람? 하며 서로의 얼굴만 바라보았다.

◇ ◆ ◇

광수대.

남정우는 박윤구의 부검자료를 찾아와 오윤희에게 보여 주었다.

그것을 꼼꼼하게 확인하는 오윤희의 두 눈동자.

남정우는 혹시나 형수님만 알고 있는 어떤 비밀이 있는 것은 아닌지 기대를 했다.

사이코키네시스.

형님만이 할 수 있는, 사람을 쥐도 새도 모르게 처리할 수 있는 그런 특별한 염력.

혹시 모를 그런 일을 기대하며 오윤희의 옆에 서 있는데 엠비엠 기자 서주은이 실내가 쩌렁쩌렁 울리는 목소리로 인사하며 들어왔다.

"오빠들 할로우!"

"어우, 저 기레기."

기레기는 기자와 쓰레기를 합친 말로, 서주은의 대명사였다.

눈동자 사면에 흰자위가 보이는 사백안의 소유자로 특종에 집착하는 기자.

늙기도 많이 늙었다.

저 나이 먹도록 현장을 뛰고 있다.

기레기 서주은. 바로 신약을 특종으로 보도한 인물이었다.

"남 형사님 할로우."

남정우는 서주은을 향해 대충 손을 휘저어 대답하고는 오윤희에게 눈치를 주었다.

그만 나가자고.

그러자 오윤희가 서주은을 잠시 바라본 뒤, 남정우의 뒤를 따라 나갔다.

그런 오윤희의 뒷모습을 서주은이 흥미롭다는 듯 바라보았다.

잠시 후 남정우가 오윤희를 배웅한 뒤 다시 자리로 돌아왔을 때, 추궁이 시작되었다.

"누구죠?"

"아, 뭘 물어보러 온 겁니다. 지나가다가. 나도 모르는 사람."

"전혀 모르는 사이는 아닌 것 같던데? 나 대답 안주면 오늘 남 형사님 껌딱지."

"아우, 다 늙어 빠져가지고. 지금 그런 말이 나옵니까? 사람 또 슬슬 긁기 시작하네. 오늘은 아무것도 없으니까 그만좀 꺼져주시지요?"

"결정했어. 오늘 난 남 형사님의 여자."

"추하다. 추해."

"그리고 벽창호."

무슨 말을 해도 귓구멍으로 듣지 않고 말아먹는 여자였다.

서주은이 옆으로 꽉 달라붙었다.

남정우의 표정은 아, 18을 연발할 뿐이었다.

"누구죠?"

"아, 모른다니까!"

"우리 남 형사님은 이 바닥에서 한 이십 년을 굴러먹었는데도 이렇게 순수하셔."

서주은이 아기를 대하듯 남정우의 엉덩이를 툭툭 쳤다.

"으……."

이젠 성추행까지. 남정우는 오늘 이 기레기를 어떻게 떨쳐내야 하나 걱정만 앞섰다.

남정우의 나이는 46세, 서주은은 그보다 5살 많은 51세다.

둘 다 제대로 진급도 못한 이 바닥 퇴물들인 건 마찬가지였다.

한데 이 노인네는 꺼지지 않는 열정이 어디에서 솟아나는지 체력도 장난이 아니었다.

한 번 물면 절대로 놓지 않는 무서운 여자.

"아니, 거 편집장이나 해먹고 앉아 있어야 하는 거 아니요?"

"위에서 자꾸 좌천시키는 걸 어떡해. 오빠는 그렇게 날 상처주고 싶어? 오빠도 지금까지 팀장 자리 하나 못 꿰차고 있는 퇴물이면서. 근데, 누구야?"

"모릅니다요."

"예의를 지켜야하는 사이인 걸 보면 분명 우리 남 형사님 윗사람 쪽인 거 같고."

"흠."

남정우는 재빨리 튀어나갈 만반의 준비를 한 채로 두 다리에 힘을 불끈 주고 있는 상태였다.

하지만 옷자락이라도 붙잡히면 질질 끌려서라도 따라

붙는 이 여자.

"알았수다. 아, 배고파. 밥 좀 사주쇼."

"오늘 이 오빠 맘에 드네."

"갑시다."

남정우가 몸을 일으키자, 혹시나 놓칠까봐 옆구리 옷자락을 확 붙잡으며 따라오는 서주은.

마귀할멈처럼 씩 웃는 모습에 남정우는 기겁했다.

그렇게 식당으로 가는 길까지 서주은은 남정우의 옆에서 떨어지지를 않았다.

다음 날, 매우 수상한 기사가 터졌다.

'염력살인. 13년 전 신약의 증인, 사이코키네시스(염력)에 의해 살해당하다.' 라는 제목과 함께 박윤구의 의문사로 인한 신약사건이 재조명되었다.

진실은 하나다.

서한철의 유령인가? 아니면 13년 만의 등장인가?

그리고 13년 전 실종된 남편 서한철을 찾아 헤매는 여자. 유정의 엄마도 언급되었다.

그녀는 과연 진실을 알고 있을까?

"에이, 시팔!"

남정우가 신문을 쫙쫙 찢고 있었다.

◇ ◆ ◇

인수는 교장선생님을 그렇게 떠나보낸 아련함이 사라지기도 전에 윤철이 보여준 기사를 보았다.

기사를 확인한 인수는 최도식에게 집중하지 않을 수가 없었다.

박윤구의 의문사에 관한 기사도 기사였지만, 놈은 평범한 사람과는 달리 마법을 깨버리는 특별한 정신력과 담력을 지닌 놈이었기에 예의주시하지 않을 수가 없었다.

그래서 지금 놈의 뒤를 따라 사우나 실에 들어왔다.

사우나 실에서 홀딱 벗은 최도식의 상태를 확인한 인수는 놈이 아직까지는 신곡마법에서 벗어나지 못한 상태라는 것을 알 수 있었다.

곧잘 바닥이 꺼지며 불지옥에 빠져들었다가 현실로 돌아오기를 반복하고 있으니 누가보아도 미친놈처럼 보였다.

이런 인간은 둘 중의 하나였다.

완전히 미쳐버리든지, 아니면 내성이 강해져 앞으로 그어떤 환상마법도 통하지 않게 되든지.

최도식은 불지옥에서 빠져나오면 어김없이 서한철의 부인을 잡아 족쳐야겠다고 생각했다.

그리고는 또 다시 불지옥으로 빠져들었다.

"끄헤에엑!"

비명을 내지르는 것도 모자라 미쳐 날뛰는 최도식을 물 끄러미 내려보다가, 사우나 실을 빠져나온 인수는 유정에 게 전화를 걸었다.

[집이야? 잘 됐네. 지금 집으로 갈게. 기다려.]

전화를 끊은 유정은 인수가 난데없이 집으로 온다고 하 니 황당할 뿐이었다.

유정은 즉시 윤철에게 전화를 걸었다.

"인수 뭔 일이래?"

[왜?]

"갑자기 우리 집에 온다잖아."

윤철이 잠시 할 말을 잃은 듯 말하지 않았다.

이미 기사를 확인했고, 인수에게 보여주었기 때문이었 다.

박윤구의 죽음.

정말 서한철이 다시 나타난 걸까?

그리고 인수는 도대체 뭘 어떻게 확인하려는 걸까?

유정의 엄마가 아무도 모르는 어떤 비밀을 알고 있다고 치자.

하지만 그걸 인수가 만나본다고 알 수 있는 것도 아니잖 아?

윤철은 고민 끝에 말했다.

[너 보고 싶은가 보지.]

"웃기고 자빠졌네."

전화를 끊은 유정은 거실로 나갔다.

엄마가 주방에서 그 놈(박재영)과 통화 중이었다.

친구가 온다고 말을 해야 하나? 아니면 밖에서 만나야 하나.

일단 유정은 거울을 보고 화장부터 들어갔다.

그러다가 문득 화장을 멈추었다.

인수가 화장한 얼굴을 별로 좋아하지 않기 때문이었다.

그래서 그냥 다시 세수를 했다.

맨 얼굴에 로션만 발랐다.

옷장을 뒤져 얌전한 옷을 찾았다. 하지만 찾을 수가 없었다.

뛰는 가슴을 진정시키지 못하는 만큼 옷을 찾는 유정의 마음도 급해졌다.

"왜 그래?"

뒤에서 엄마가 묻자, 유정은 동작을 멈추고는 뒤돌아보았다.

"뭔 상관이야?"

"알았다."

오윤희가 등을 돌리고 나가려 하자, 유정이 조용한 목소리로 붙잡았다.

"친구 온데."

윤희는 뒤돌아 물끄러미 유정의 두 눈을 들여다보았다.

유정이 눈을 돌려 그 시선을 피했다.

다시 옷을 찾았다.

그러자 윤희가 딸의 뒤통수에 대고 말했다.

"남자친구야? 별일이네."

"집으로 온데."

"인사?"

"아니, 그게……."

"오라 그래. 뭐 못 올 데 오나?"

"이상한 생각 말고, 뭐라도 대접해줘."

유정이 뒤돌아 엄마를 똑바로 보며 말했다.

처음 보는 딸의 행동과 말에 윤희는 피식 웃었다.

너 아쉬울 때만 내가 엄마냐? 라고 말하려다가 참는 것이다.

그 웃음의 의미를 눈치 챈 유정이 인상을 팍 찌푸렸다.

"아, 됐어. 밖에서 볼 거야."

"뭐 준비해줄까. 치맥?"

"그 녀석 그런 애 아니야. 술 마시는 거 싫어해. 과일 좀 이거저거 깎아줘. 뭐 딸랑 하나만 사와서 준비하지 말고."

"뭔 일이람. 누군지 빨리 보고 싶네."

순간, 윤희는 언젠가 박재영이 했던 말을 떠올렸다.

유정이에게 의외로 괜찮은 남자친구가 있더라고…….

"옷. 옷이 없어."

"저 옷은 다 뭔데?"

"좀 얌전한 걸로."

"정말 별일이네."

유정이 엄마를 째려보았다.

그러자 윤희는 어깨를 으쓱하며 옷을 골라주었다.

그나마 얌전해 보이는 건 학교 체육복뿐이었다.

"이거라도 입어."

"장난해?"

유정이 다시 옷을 뒤졌다.

그러다 갑자기 화가 났다.

어렸을 때부터, 아빠에 대해서 알려고 하면 알 필요 없다, 네 아빠보다 네 엄마가 더 불쌍한 사람이다, 라고만 일축할 뿐 단 한마디도 설명을 해주지 않았던 엄마에게 불만이 일어난 것이다.

네 아빠는 훌륭한 경찰이었다고만 말해주었어도…….

유정은 뭐라고 따지려다가 그냥 꾹 참았다.

그러다가 겨우 옷을 찾았다.

회색라운드 반팔 티와 벨벳소재의 반바지.

옷을 갈아입고 거울을 보니, 그나마 만족스러웠다.

유정은 머리를 풀었다가, 그냥 다시 말총머리로 묶었다.

그때 엄마가 과일을 사오기 위해 현관문을 열고 나가는 소리가 들렸다.

윤희는 현관에서 나와 마당을 지나쳐 대문 앞에 섰다. 대문을 열고 나가려다가, 손을 주춤하더니 문득 오른쪽 마당의 텃밭을 보았다.

지난여름 심었던 상추와 고추나무가 관리되지 않은 채로 바짝 말라 비틀어져 지저분했다.

"윤희야. 네 딸 남자친구가 인사를 하러 온단다. 괜찮은 녀석이래. 참 별일이지?"

윤희는 텃밭을 정리하며 혼자 중얼거렸다.

엄마가 과일을 사와 씻고 있는 그때 인수에게 전화가 걸려왔다.

"도착했어? 어 내가 지금 나갈게. 거기 평화마트 보이지? 응. 그 앞에 있어."

유정이 환해진 얼굴로 나가자, 윤희가 참 별일이네 하며 웃었다.

인수는 유정과 함께 평화마트에 들렀다.

"그냥 가자니까."

"마음은 가볍게, 두 손은 무겁게. 뭐라도 사들고 가야

예의지."

티슈 화장지와 오렌지 주스를 들고 와 계산을 하는 인수를 옆에서 물끄러미 쳐다보는 유정은 그저 신기할 뿐이었다.

이 녀석도 내가 좋아지고 있나?

이런 생각을 하니, 가슴이 다 설레었다.

"이리 줘. 내가 하나 들게."

"그럴래? 이게 더 가볍다."

인수가 화장지를 유정에게 건네주었다.

"가자."

유정이 앞장서자, 인수가 뒤에서 물었다.

"어머니 계셔?"

"응."

유정이 뒤돌아 뒤로 걸으며 대답했다.

"놀래신 거 아냐?"

"뭐 그다지. 별로 나한테 관심이 없어서."

"그건 네 생각이고."

"그런다고 치자."

유정이 입씨름하기 귀찮다는 표정으로 다시 뒤돌아 걸었다.

언덕을 올라 유정의 집 앞에 도착했다.

"오, 집 좋네?"

"할아버지 집이야. 나도 아파트로 이사 가고 싶어."

유정이 전자도어장치의 비밀번호를 눌렀다.

하지만 고장이 났는지 삑삑거리기만 할 뿐, 열리지가 않았다.

"아, 이 고물!"

신경질이 난 유정이 대문을 발로 찼다.

"이런 장비는 습기에 취약한데."

인수가 대문 주변을 둘러보며 말했다.

유정이 다시 시도하는 그때 안에서 현관문이 열렸고 사람이 나왔다.

유정의 엄마였다.

"이거 완전 맛 갔어."

"자꾸 말썽이더니, 새 걸로 바꿔야겠네."

인수는 대문 안에서 들려오는 목소리를 듣는 순간 고개를 갸우뚱거렸다.

성대가 눌린 듯, 매우 힘겹게 나오는 목소리였다.

안에서 수동으로 문을 열었다.

인수가 유정의 엄마를 보고는 인사를 했다.

유정의 엄마도 인수를 보고는 반갑게 맞아주었다.

"안녕하세요?"

"네, 어서 와요. 아휴, 그냥 오지."

유정의 엄마는 목이 아픈지, 말을 하면서도 손으로 목을 감쌌다.

인수가 너무 어른스러워 반말이 나오지 않았다.

"빈손으로 올 수는 없어서요."

"어서 들어와요."

인수가 대문 안으로 들어서자, 유정의 엄마가 이리 주라며 오렌지주스박스를 건네받았다.

박스를 건네는 그 순간, 인수의 시선은 저절로 마당의 텃밭으로 향했다.

잠시 시선이 고정되었다.

그러자 윤희의 시선도 그런 인수의 눈을 보다가 같은 곳, 텃밭으로 고정되었다.

"왜?"

"아, 주택에 살면 이런 게 좋은 거 같아요. 상추 같은 거 직접 키워서 먹고요."

"좋긴 뭐가 좋아. 사먹는 게 훨 낫지. 다 불편해. 들어가자."

유정이 그런 두 사람을 지나쳐 현관으로 향했다.

인수가 그 뒤를 따랐고, 윤희가 인수의 뒤를 따라가며 다시 또 텃밭으로 시선을 던졌다.

거실로 들어와 앉은 윤희는 인수를 환한 곳에서 다시 본 순간, 너무나도 맘에 들었다.

박재영이 말할 때는 그냥 그런 줄로만 알았다.

겉만 반듯하고 속은 시커먼 놈들이 얼마나 많은가. 하지만 이렇게 멀쩡한 애가 이 늦은 시간에 내 딸을 찾아 집에까지 다 오다니.

윤희는 분명 인수에게 첫눈에 반해 딸에게는 과분한 남자친구라고 생각했지만, 아직은 경계를 허물 수는 없었다.

사고가 제대로 박혀 있는 정상적인 놈이 문제덩어리인 내 딸을 왜 만날까?

하긴 사람이 사람 좋은데 이유가 있을까?

하지만 살아온 인생, 겪어본 인생에 의하면 사람은 끼리끼리다.

같은 놈들끼리 만나고, 같은 놈들끼리 서로 엉켜 살아간다.

그러니 인수가 허우대만 멀쩡한 녀석일지도 모를 일이었다.

한편으로는 자신의 딸 유정이 사람이라면 누구나 다 거쳐 가는 혹독한 질풍노도의 시기를 지나 이제는 안정되어 가는 과정에서 괜찮은 남자친구를 만난 것일 수도 있다고 판단했다.

제발 그러기를…….

"잘 생겼네."

윤희는 목을 부여잡고는 안 나오는 목소리로 겨우 말했다.

"아닙니다."

인수가 유정이 엄마의 목을 살피며 말했다.

목소리가 매우 걱정스러웠기 때문이었다.

"엄마가 예전에 여기 수술을 해서 목소리가 잘 안 나와. 이해해."

유정이 대신 말해주었다.

"아……. 네."

인수는 대답하며 쟁반을 보았다.

듬직하게 깎여 있는 사과와 두꺼운 껍질을 보니 세영과는 정말 다른 여자라고 느껴졌다.

"아버님은 뭐하셔? 초반부터 실렌가?"

유정이 확 째려보았다.

오늘 따라 저 커다란 가슴이 더욱 더 커 보여 못마땅했다.

두 사람은 아무렇지도 않은데, 유정이 혼자 안절부절 눈치를 보는 중이었다.

"포장재를 만드는 공장을 운영하고 계십니다."

인수가 활짝 웃는 얼굴로 대답했다.

"어머, 사장님."

"네."

"공부도 1등이야."

"어머, 정말? 반에서?"

"전체. 반 말고 전체. 전체 1등. 쌈도 잘해. 학교에서 감히 건드는 애가 없어."

유정은 공부보다 싸움이 더 중요하다.

"그걸 굳이."

"전체 1등?"

하지만 유정의 엄마에게는 싸움보다 전체 1등이 더 중요하다.

"네. 쑥스럽습니다."

"뭐가 쑥스러워. 정말 대단하다. 공부를 어떻게 그렇게 잘 할 수가 있어?"

"뭐 그냥 열심히 하고 있습니다."

"세상에……. 겸손하기도 하고. 부모님이 얼마나 좋으시겠어. 밥을 안 자셔도 배부르시겠……."

윤희가 말을 하다말고는 손으로 목을 감싸 잡았다.

말을 계속 하고 싶은데 목소리가 잘 나오지 않아 힘들다는 표정으로 침을 삼켰다.

"하하하. 요즘 엄마가 그런 말 많이 하고 있습니다."

"어머. 말하는 게 무슨 아저씨 같아."

"아, 네. 제가 좀."

유정이 또 엄마를 째려보았다.

"더 물어볼 거 없으면 우리 들어갈게. 야, 방으로 가자."

"나 여기 그냥 있고 싶은데?"

"……."

윤회가 딸의 표정을 보고는 고것 참 쌤통이라는 듯 활짝 웃었다.

인수를 보면 볼수록 신기했다.

"어떻게 만났어? 아니, 어떻게 친해졌어? 얼마나 된 거야?"

"하하하. 그냥 친구입니다. 유정이와 저는요."

"아……."

그러면 그렇지.

인수가 확실하게 선을 긋자, 윤회가 표정관리에 들어갔다.

"그래도. 서로 상극일 텐데……."

"사실 유정이가 이런저런 문제로 고민을 좀 하고 있더라고요."

인수의 말에 윤회가 딸의 얼굴을 바라보았다.

"아, 뭐. 그렇게 보지 마."

유정이 사과를 포크로 찍으며 퉁명스럽게 내뱉었다.

"재혼을 생각하신다고……."

"딸 무서워서 엄두를 못 내고 있네요."

"우리 나이가 민감할 때거든요."

"요즘은 애들 빠르던데. 중학교 때 민감한 시기 다 지나가고 고등학생 되면 오히려 안정되던데. 우리 딸은 어째……."

"아이들마다 성향이 다 다르니까요. 그래도 유정이 씩씩 해요."

인수가 유정을 보며 웃었다.

하지만 유정의 표정은 점점 썩어 들어가는 중이었다.

지금 나를 두고 뭐하는 거지?

둘만 어른들처럼 대화가 통하는 이 분위기는 뭐지?

"너무 방치했어요. 삶 자체를 내버려두고 살았어요. 사는 게 힘들어서 나는 나대로 애는 애대로……. 집안 꼴이 어떻 게 돌아가든 말든……."

"PTSD. 외상 후 스트레스장애. 그런 분들 꽤 많아요. 우 리나라도 8천 명에 육박한다고……. 그런 기사를 본 기억 이 납니다."

"맞아요. 딱 그런 거예요."

유정이 참다못해 한숨을 다 내뱉었다.

"후!"

그러자 윤희가 벌떡 일어서며 말했다.

"맥주 한잔 할래요?"

"네?"

"오랜만에 말이 통하는 사람을 만나서요."

"어머니 말씀 낮추세요."

"너무 어른스러워서……."

"진짜 가지 가지한다. 둘이 실컷 맥주 마시면서 얘기들 나누세요. 난 그만 들어갈 잘 테니까."

유정이 말하고는 자기 방으로 들어가 버렸다.

그때 식탁에 놓인 핸드폰이 울렸다.

맥주를 꺼내던 윤희가 핸드폰을 들고는 한참을 망설이다가 홀더를 열었다.

"네."

[지금 집 앞인데, 잠시 볼 수 있을까?]

박재영이었다.

"곤란해요. 다음에 뵙죠."

윤희도 서주은 기자가 작성한 기사를 보았다.

[왜?]

"손님이 와 계세요."

[손님? 이 시간에 누구?]

"유정이 남자친구가 왔어요."

[아…… 혹시……]

"맞아요. 저번에 말씀하셨죠."

[그래. 아무튼 내가 윤희 네 맘을 모르는 건 아니야. 살았는지 죽었는지 그것만 알아도……]

"늦었으니까 오늘은 그만 돌아가세요."

[……]

"어떻게든 다시 터질 사건이었어요. 내일 연락드릴게요."

[알았어. 아무튼 처신을 잘 했으면 하는 마음이야.]

"네."

윤희는 전화를 끊고는 맥주를 가져오며 인수를 향해 활짝 웃었다.

"미안해요. 통화가 좀 길어졌네요."

"아닙니다. 말씀 편하게 하세요. 아들이나 다름없는데요."

"아 그러고 싶은데……."

"제가 좀 겉늙긴 했습니다. 부끄럽습니다."

윤희가 터져 나오는 웃음으로 인해 목이 아픈지, 인상을 쓰면서도 힘들게 웃었다.

"고마워요. 우리 딸 친구가 되어주어서."

그렇게 웃음을 참은 윤희가 진심으로 말했다.

"고맙긴요. 끼리끼리 만나는 건데요."

"같은 끼리끼리가 아닌 거 같아서……. 맥주 좀 줄까?"

"저는 콜라 주십쇼. 콜라가 없으면 저 주스라도."

"알았어."

윤희가 웃으며 일어나 냉장고를 열어 콜라를 얼음에 섞어 가져왔다.

인수가 콜라를 마시는 그때 유정이 다시 방에서 나왔다.

"잔다며?"

"너 같으면 잠이 오나?"

유정이 인수의 옆에 앉아 다리를 달달 떨었다.

"복 달아나게."

"노인네 같은 소리하고 있네."

"옛날 어르신들 말씀 다 맞다."

"안 가냐?"

"어디 손님한테."

윤희는 그런 두 사람을 번갈아보며 피식 웃었다.

"아, 이제 빨랑 가."

유정이 인수의 허벅지를 발로 찼다.

"어머니, 보세요. 얘가 이래요."

"큰일이네. 큰일이야."

윤희가 맥주를 벌컥 들이 키고 나서 목구멍이 너무 아프다는 표정을 지었다.

인수는 이제 슬슬 확인에 들어가야 한다고 생각했다.

우우웅.

서클을 회전시켜 화이트존을 생성시켰다.

확장되어 뻗어나가려는 화이트존을 축소시켜 유정의 엄마만 그 안에 가두었다.

순간, 복잡한 감정들이 목소리의 형태로 들려오기 시작했다.

"……?"

하지만 의문이 일어났다.

유정이 엄마의 목소리가 아닌 아빠, 즉 서한철의 목소리
였다.

'참 괜찮은 녀석이네. 듬직하고.'

이건 기억이 아니었다.

지금 유정이 엄마가 자신을 향해 느끼고 있는 순수한 감
정이었다.

그런데 왜 오윤희의 목소리가 아닌 서한철의 목소리가
들린 단 말인가?

'윤희야 보고 있냐? 너도 지금 함께 있으면 얼마나 좋을
까?'

순간, 인수의 동공이 확장되었다.

그때 윤희도 이상한 느낌에 고개를 들어 인수를 보았다.

그렇게 인수의 놀란 표정을 보았다.

불꽃이 튀었다.

두 사람이 불꽃을 튀기듯 서로의 눈을 마주보았다.

서한철.

인수가 유정의 엄마 윤희를 향해 소리 없이 이름을 불렀
다.

실종의 비밀이 풀리는 순간이었다.

내공이 꿈틀거리며 서클에 영향을 주었다.

서클이 불안정하게 회전하며 화이트존이 일그러졌다.

우우우웅.

인수는 서클을 통제하기 위해서 가속시킬 수밖에 없었다.

인수의 의지와는 상관없이 무의식의 바수라에 의해 제멋대로 회전하면 여기 있는 두 사람이 위험하기 때문이었다.

다시 팽창하며 뻗어나가 유정이까지도 집어삼켰다.

순간 장면이 펼쳐졌다.

유정의 기억이었다.

지금 이 자리에서 200알이 넘는 신경안정제와 수면제를 비롯한 각종 약들을 미친 듯이 계속해서 입안에 털어 넣고 또 털어 넣는 엄마의 모습.

이미 손목을 칼로 그은 뒤였다.

그런 엄마에게 다가갔다가 얼굴을 거칠게 밀쳐진 탓에 얼굴에 피를 뒤집어 쓴 상태로 겁에 질려 울고 있는 세 살배기 아기…….

'유정아! 윤희야!'

그때 인수는 뒤에서 문이 열리며 누군가가 소리치자 고개를 돌렸다.

현관문이 열렸다. 유정의 아빠 서한철이 들어왔다.

'안 돼! 윤희야, 너 왜 이러는 거야!'

'이렇게는 못 살아……. 더 이상은 못 살아…….'

오윤희가 서한철의 품안에서 서서히 죽어가며 말했다.

우우웅. 우우우웅.

트리니티 레볼루션
Trinity
Revolution 3

인수는 서클의 회전을 막아야만 했다.

그렇게 서서히 줄여나가는 순간, 또 다른 장면이 펼쳐졌다.

아기는 울다 지쳐 잠들어 있고, 오윤희는 이미 죽은 상태였다.

서한철은 멍한 상태로 죽은 아내의 머리맡에 앉아만 있을 뿐이었다.

그렇게 오래도록, 눈물이 마른 상태로…….

인수는 마치 자신의 모습을 보는 것만 같았다.

상납리스트의 이름을 확인하는 서한철.

그리고 그 증오와 분노의 대상들.

지금은 한자리를 차지하고 있는 거물들의 얼굴이 한명씩 나타났다가 사라졌다.

인수는 그 얼굴들을 기억했다.

다시 장면이 바뀌었다.

마당이었다.

인수는 현관문 앞에 선 채로 서한철의 행동을 지켜보는 중이었다.

오윤희를 텃밭에 묻으며 오열하는 모습이었다.

대문 옆, 텃밭에는 오윤희의 사체가 묻혀 있는 것이다.

우우웅. 우우우웅.

이렇게 되자, 인수는 과감하게 서클을 회전시켰다.

서클이 고속회전하며 장면이 또 바뀌었다.

성형외과수술실이었다.

오윤희의 사진이 모니터를 밝혔다.

마취 전, 오래되고 믿음직스러운 친구의 얼굴을 올려다 보며 서한철이 말한다.

'부탁하네.'

그렇게 수술을 통해 서한철이 오윤희로 다시 태어나는 순간이었다.

여기까지 확인한 인수는 정신을 차려야만 했다.

불안정하게 꿈틀거리는 단전의 내공부터 다스려 안정시 킨 뒤, 서클의 회전을 서서히 줄여나갔다.

우웅, 우우웅.

다행히도 두 사람을 집어삼켰던 화이트존이 부작용을 일으키지 않고 거두어졌다.

"후우!"

인수가 거친 한숨을 토해내자, 오윤희의 모습을 하고 있는 서한철이 수상쩍은 눈빛으로 인수의 표정을 살폈다.

"아……. 가끔씩 저혈당 쇼크가 와서……."

"저혈당 쇼크?"

유정이 물었다.

"어. 혈액 속에 인슐린 양이 지나치게 많아서 그러는 거라는데……"

"멀쩡한 녀석이 그런 속사정이 있었어?"

"응. 이게 한 번씩 찾아오면 설탕물을 막 들이 부어야 돼. 근데 시도 때도 없이 막 이럴 때가 있거든. 대책 없이. 예고도 없이."

인수는 둘러대기 시작했다.

"뭐야……."

"심하면 급사도 한다고……."

"그러면 설탕물을 항상 가지고 다녀야겠네?"

"뭐……."

"너는 뭐 그런 병을 다 달고 다니냐?"

"유전이라 어쩔 수 없어."

"다들 겉은 멀쩡해보여도 뭔가 하나씩은 달고 사나 보구나."

"너도 무슨 병 있어?"

"난 욱하는 병. 툭하면 사고치는 병."

인수가 그래……. 하며 웃고 말았다.

유정은 어린 시절, 지금은 까맣게 잊고 있지만 그 무의식에 잠들어 있는 슬프고 아픈 기억으로 인해 공격적인 성향과 반사회적인 성격의 소유자가 된 것이다.

중요한 것은 지금 이 순간, 유정의 엄마가 아닌 아빠 서한철이 잠자코 듣고만 있다는 것이었다.

뛰어난 동물적인 감각이 본능적으로 꿈틀거렸다.

모든 것을 다 포기하고, 조용히 아내가 남긴 딸을 위해서만 살려고 했었다.

하지만 그 충격으로 인한 슬픔과 상처를 견뎌내지 못하고, 인수에게 했던 말 그대로 삶 자체를 방치해왔다.

자신은 자신대로, 유정은 유정대로…….

그런 속도 모르고, 박재영은 뭐라도 알아내기 위해 접근해오더니 이쪽에서 계속 밀어내자 묘한 매력에 끌리기 시작했나보다.

사실 생계를 꾸려나가기가 어려워져 박재영의 금전적인 도움을 거절하지 못한 것은 사실이었다.

그러니 서한철 역시 박재영 혼자 재혼을 언급할 정도로 먼저 여지를 준 것은 인정해야했다.

그러던 중 박윤구가 누군가의 귀신같은 솜씨에 의해 쥐도 새도 모르게 당했다.

13년이 지났건만…….

인수가 의도했던 것처럼, 서한철 또한 박윤구의 죽음으로 인해 다시 움직일 수밖에 없었다.

사건의 진상을 알아야만 했다.

자신을 위해서가 아니라 유정을 지키고 보호하기 위해.

"아주머니. 저 이제 그만 가봐야 할 거 같습니다."

인수가 인사를 하며 일어서자, 서한철이 눈을 빛냈다.

뭔지는 모르겠지만, 이 녀석 분명 뭔가가 있다…….

그런 눈빛을 감추지 못하고 있는 것이었다.

"그래. 오늘 반가웠고, 조심히 들어가."

"네, 그럼 안녕히 계세요."

인수가 정중히 인사하고 뒤돌아섰다.

유정이 뒤따라 왔다.

"혼자 갈게. 나오지 마."

"대문까지는 배웅해야지."

유정이 앞서서 현관문을 열어주었다.

인수는 마당을 가로질러 대문을 향해 가는 동안에 일부러 앞만 보았다.

고개를 돌려 텃밭을 보지 않았다.

뒤에서 서한철이 그런 인수를 싸늘한 눈으로 지켜보고 있었다.

인수가 골목길을 빠져나와 큰 길로 접어들어 인도를 걷는 그때였다.

끼이이익! 쾅!

차량 한 대가 전봇대를 정면으로 들이박고는 하얀 연기를 풀풀 날리고 있었다.

뒷좌석에서 한 남자가 비틀거리며 내리더니, 두 손으로 연장을 꼭 붙잡은 것처럼 허공을 향해 휘두르기 시작했다.

빼앗은 둔기로 미노타우르스를 향해 휘두르고 있는 최도 식이었다.

"형님! 또 왜 이러세요! 제발 이제 좀 그만하세요!"

한영일이 이제는 참다못해 짜증이 나서 소리쳤다.

"이겼다! 와! 내가 또 이겼어!"

최도식은 미노타우르스가 다시 사람으로 변했음에도 둔 기를 이용해 머리를 계속 내리찍었다.

그렇게 현실로 되돌아왔다.

"우웨에에엑!"

돌아오자마자 속의 것을 모두 토해냈다.

정신을 차리고 보니, 자신이 아끼는 애마가 전봇대를 정 면으로 들이박았다.

"뭐야? 내 차 왜 이래?"

"아, 진짜 미치겠네. 형님! 서한철이 마누라 잡으러 가자 면서요!"

하지만 주행 중에 최도식이 뒤에서 갑자기 또 난리법석 을 부리는 통에 사고를 내고 만 것이다.

요즘 들어 계속 이랬다.

이건 완전히 미친 인간인 것이다.

"맞아. 서한철이 마누라 잡으러…… 젠장!"

최도식은 또 다시 불지옥으로 빠져들었다.

무덤을 빠져나와 미노타우르스와 맞서 싸웠다.

그런 모습이 이제는 한심하다는 듯, 한영일을 비롯한 수
하들은 한숨만 푹푹 내뱉고 있을 뿐이었다.
　　전봇대를 정면으로 들이박은 애처로운 자동차와 함
께…….

제28장. 영광의 날

트리니티 레볼루션
Trinity Revolution

제28장. 영광의 날

인수는 집으로 돌아와 비밀번호를 눌렀다.

문을 열고 들어가 신발을 벗는데, 고요한 가운데 숨소리
가 들려왔다.

수연의 숨소리였다.

인수는 불을 켜지 않았다.

수연이 소파에 앉아 있었는데, 그 실루엣이 몹시 슬퍼보
였다.

인수가 그 앞으로 다가가 섰다.

"언제부터 기다린 거야?"

"……."

"무슨 일 있어?"

"아니요."

인수가 핸드폰을 들어 시간을 보았다.

밤 11시 50분.

"지금 시간이… 너무 늦었는데……."

"뭐 어때요."

"무슨 말이야?"

"저 다 포기했어요. 시간이 늦든 말든 이제 중요하지 않아요."

"뭘 포기해?"

"제 꿈이요."

"왜 이럴까 우리 수연이……."

"그렇게 말하지 마요."

인수의 입에서 무거운 한숨이 새어 나왔다.

"잘했어."

"뭘 잘해요?"

"보아하니까 오늘 연습도 제쳤나보네. 며칠 째야?"

"오빠랑 상관없잖아요?"

"그래? 그런데 왜 이러고 있어?"

"묻고 싶은 게 있어서요."

"말해."

"비밀번호 왜 알려줬어요?"

"너 오고 싶을 땐 언제든 오라고."

"그러니까 왜요?"

"뭐가 왜야? 넌 인혜와 같은 동생이니까."

어두운 거실에는 한동안 정적만이 맴돌았다.

그렇게 시간이 얼마나 지났을까.

수연이 그 정적을 깨며 말했다.

"알았어요. 비밀번호 바꾸세요. 앞으로 다시는 올 일 없을 테……."

수연이 일어서며 말하다가 울음보가 터지고 말았다.

인수는 불을 켤 수가 없었다.

수연이 인수의 옆을 울면서 스쳐지나갔다.

현관에서 신발을 신는 모습을 보고 있으려니 마음이 아려왔다.

하지만 약해져서는 안 된다.

근데 신기하게도 이유라도 알고 싶어졌다.

"너 대체 왜 이래?"

"뭔 상관인데요?"

"알았어. 가."

"으앙!"

"아니, 왜 이러는지 이유라도 알아야 할 거 아냐?"

"됐거든요? 오빠 미워요!"

수연이 차갑게 내뱉고는 문을 열고 나갔다.

문이 닫혔다.

"하!"

불을 컨 인수는 소파에 털썩 주저앉았다.

밤길이 걱정되기 시작했다.

꿈이고 뭐고 다 포기했다는 말을 듣는 순간, 가슴이 철렁
거렸던 게 사실이었다.

"후!"

다시 한 번 인수의 입에서 무거운 한숨이 터져 나왔다.

결국 인수가 소파에서 몸을 일으켰다.

부랴부랴 신발을 신고 밖으로 튀어 나갔다.

엘리베이터가 1층에 도착해 있었다.

인수는 다급하게 버튼을 눌렀다.

엘리베이터가 6층까지 도착하는 시간이 참으로 길게만
느껴졌다.

1층에 도착한 인수가 아파트 입구를 빠져나왔을 때 경비
실 옆으로 걷고 있는 수연의 뒷모습을 보았다.

인수는 그렇게 조용히 뒤를 따랐다.

수연은 여전히 어깨를 들썩이며 울고 있었다.

한데 집으로 가야할 녀석이 가다가 말고는 공원 벤치에
앉아 하염없이 울고만 있는 것이 아닌가.

인수는 나무 뒤에 기대어 그렇게 수연의 곁을 지켜줄 수
밖에 없었다.

수연이 정말 이대로 꿈을 포기할까?

지금까지 쌓아온 모든 것을 지금 이 순간 힘들다는 이유로 다 내려놓고 말까?

인수는 수연을 믿어야만 했다.

쉽게 포기하지 않을 녀석이니까, 힘들더라도 여기서 관계를 정리해야만 했다.

그렇게 서서 녀석이 힘을 내 일어서기를 기다리고 있는데, 수연의 부모로부터 전화가 걸려온 것 같았다.

"아직 연습 중이에요. 네, 정리하고 들어갈게요."

애써 울음을 참으며 연습 중이라고 말하는 수연의 침착한 목소리가 들려왔다.

마음이 짠하면서도, 뭉클한 것이 당장이라도 앞에 나타나 안아주고만 싶었다.

핸드폰을 열어 시간을 보니, 어느새 12시 50분을 넘어 1시가 다 되어가고 있다.

인수는 당시에 세영이 있는 보금자리로 당장 들어가고 싶지만, 수중에 그야말로 단 돈 만 원이 없어서 저렇게 벤치에 앉아 시간을 보냈던 기억이 떠올라 슬퍼졌다.

아무것도 할 수가 없을 때, 이러면 안 된다는 것을 잘 알면서도 다시 일어설 힘이 없을 때, 내가 마치 병신 같고 머저리 같을 때…….

사람은 누구나 다 저런 모습으로 앉아 있게 되나 보다.

제발 힘내기를.

제발 힘을 내서 일어서기를.

지금 이 순간은 그냥 지나가는 과정일 뿐이니, 이 또한 지나가리라는 마음으로 일어서서 힘차게 나아가기를.

모진 굴곡을 다 거치며 흐르고 흐르다 댐 앞에 이르러 더 이상 나아갈 수 없어 딱 막힌 강물처럼……

이제는 더 이상 내가 할 수 있는 일이 없다는 듯 망연자실하게 두 손 두 발 다 들고 있지만…….

막혀 있다는 것은 곧 쌓여간다는 것.

포기하지 않고 강물을 따라 함께 흘러온 토사와 자갈이 쌓이고 또 쌓여 수위가 댐을 넘어서면.

결국에는 폭발적인 역량으로 댐을 넘어 또 다른 세상으로 나아간다는 것.

이 시간이 지난 뒤 돌아보면 그래 그때 그랬었지, 하며 웃고 말기를.

인수는 그렇게 마음속으로 기도했다.

그런 기도가 통하기라도 한 것처럼, 수연이 몸을 일으켜 세웠다.

인수는 수연이 모르게 집에까지 바래다주었다.

다음 날, 수연에게 전화가 걸려왔다.

사과하고 싶다고 말했다.

그리고 좋은 동생으로 남고 싶다는 말도 전해왔다.

어두운 방안에서…….

울며 나가던 수연을 뒤에서 안아버렸으면 어떻게 되었을까.

인수는 멍하니 창문만 바라보았다. 오래도록…….

◇ ◆ ◇

본격적인 무더위가 시작되었다.

에어컨 때문인지, 아니면 인수가 진짜 좋아서 그러는 건지 어쨌든 인수의 집은 말 그대로 아지트가 되었다.

이제는 토요일이면 놀다가 잠을 자고 가는 것은 기본이었다.

"아 이 자식들 잘해주니까 너무하네."

거실에서 팬티만 입고는 단체로 잠을 자고 있는 녀석들을 보고 있노라니, 오늘 같은 날은 정말 귀찮다는 생각이 다 들었다.

조금 있으면 배고프다고 라면을 찾을 건데, 인수는 정말 도망치고 싶어졌다.

소파에 털썩 앉아 TV틀었다.

뉴스에서 사건소식을 전하고 있었는데, 인수에게는 매우 반가운 소식이었다.

서한철의 가족을 상대로 야심한 새벽을 틈타 침입한 괴한

3명이 오히려 그 부인과 딸에게 혼이 났고, 신고를 받고 출동한 경찰에게 붙잡혀 검거되었다는 소식이었다.

그 괴한은 바로 제3세파의 핵심간부인 최도식과 그의 수하 한영일 외 1인으로 밝혀졌다.

"역시 대단하셔. 아직 살아계시네."

무료하게 리모컨을 돌리던 인수는 세영이 보고 싶은 마음이 들어서 일단 밖으로 나왔다.

역시나 조금 있으니, 윤철이 어디냐고 전화를 걸어왔다.

[라면 어딨어?]

"없으니까 사먹어라."

[언제 와?]

"늦는다. 사먹어라."

[아, 빨리 와.]

"빨리 사먹어라. 그러다 너 진짜 혼난다."

[네.]

인수는 전화를 끊었다.

세영의 집근처 도서관으로 향하며 무작정 세영에게 전화를 걸어보았다.

하지만 세영은 전화를 받지 않았다.

걱정되니까 전화는 받으라고.

인수는 자신이 했던 말을 떠올렸다.

그때 미묘한 표정을 짓던 세영의 얼굴도 떠올랐다.

도서관자료실에 자리를 차지하고 앉았다.

시간이 한참 지났는데도 세영은 전화를 걸어오지 않았다.

평행우주이론이 떠올랐다.

이렇게 우리는 서로 평행선을 걷고 있는 것일까?

인수는 머리를 흔들어 털고는 일어나 자료실을 돌아다녔다.

그냥 그렇게 책과 책 사이를 할 일 없이 배회만 할 뿐이었다.

세영을 만나면 그냥 서로의 얼굴을 마주보며, 소소한 일상을 이야기 나누고 싶었다.

특별한 말도 아니지만, 세영은 언제나 인수의 말에 귀를 기울여주었다.

인수는 지금 그런 세영의 얼굴이 너무나도 보고 싶은 것이다.

인수는 문득 귀환하기 전, 서로 사귀었다가 잠시 헤어졌을 때 세영이 보내온 편지를 떠올렸다.

'인수야, 안녕? 잘 지내고 있지? 나도 잘 지내고 있어. 네가 이 편지를 받을 때쯤이면 난 실습으로 바쁜 날을 보내고 있을 것 같아. 짐 정리를 하다가 편지지를 보니까 문득 네 생각이 나지 뭐야. 그래서 그냥 펜 가는대로 쓰고 있어. 근데 이런 손 편지 참 오랜 만인 거 같아.

지금 밖에는 비가 내리고 있어. 뭐 그렇다고 특별히 감상에 젖어 울적하거나 그런 건 아니야. 음…… 아무튼 난 씩씩하게 잘 지내고 있어. 너도 나처럼 잘 지내고 있겠지? 어제는 민숙이랑 영화를 보러 갔어. 싫다는 애를 억지로 끌고 갔는데, 지금은 조금 미안하기도 하네…….'

서로 너무 힘들었던 당시, 차라리 둘이 함께 힘들 거라면 혼자 힘든 게 낫다고 판단해 헤어지자고 말했었다.

그때 세영은 애써 웃으며 알았다고 대답했었다.

그 뒤로 한 달이 지나도록, 인수는 세영을 그리워했다.

다시 연락을 하고 싶었지만 꾹 참았다.

세영을 위해 헤어지길 잘했다고 판단했고, 또 그렇게 스스로를 위안했었다.

하지만 한 달 뒤에 편지가 도착했다.

거기에는 인수를 향한 원망도 없었고, 실망도 없었다.

그렇다고 다시 시작해보자는 희망도 없었다.

그냥 소소한 일상을 적어 보낸 편지가 인수의 앞에 도착한 것이었다.

'민숙이랑 영화를 보고, 아빠가 요즘 참 잘해주시고, 엄마랑 장을 보고, 파김치를 담갔고…….

아참! 어제는 무를 채 썰어서 된장국을 끓여보았어.

그런데 난 왜 엄마처럼 못할까? 무를 채 써는데 엄마처럼 젓가락 굵기로 써는 게 어쩌나 힘들던지. 세상에 쉬운 건 하나도 없어. 그래도 노력 끝에 성공했지.

근데, 맛이 안 나. 똑같은 무에 똑같은 된장을 풀었는데 이게 아냐.

난 왜 엄마가 하는 그대로 따라 해도 그 맛이 안 날까?

편지는 그저 평범한 일상을 말하고 있었지만, 인수는 그 편지를 다 읽고 나서 한동안 멍하니 앉아 있다가, 세영을 향해 달려갔다.

담담하게 써내려간 세영의 편지는 일상으로의 초대장이었던 것이다.

세영을 다시 만난 인수는 세영을 꼭 껴안았다.

그렇게 아무리 힘들어도 다시는 헤어지잔 말 하지 않겠다고 맹세를 하고 또 맹세했다.

'바보, 멍청이, 말미잘! 이 나쁜 놈! 어떻게 그렇게 쉽게 헤어지잔 말을 할 수가 있어? 나 그동안 얼마나 힘들었는지 알아?'

인수의 품에 안긴 세영은 펑펑 울었었다.

"역시 현명한 여자야."

나중에 얘기를 나누어보니, 작성한 편지지를 몇 번이고 찢어버렸단다.

원망도 했다가, 슬픔도 전했다가, 다시 잘 해보자는 희망도 말했다가…….

그러다 그냥 일상을 전하고 싶었다고.

하지만 이 편지가 인수의 마음을 돌리게 될 줄은 전혀 생각도 못했다고.

인수는 문득 장인어른이 떠올랐다.

요즘 장인어른은 무슨 사업을 구상 중이실까?

이제는 사업을 해도 바른 길로 가시겠지.

검사 몇 명 안답시고 로비를 통한 온갖 변칙과 편법도 모자라 부정과 비리까지 저지르며 사업을 진행하지는 않으시겠지.

그러면 노력한 보람이 없는 것이다. 원점이다.

당시에 인사도 제대로 못 드렸었던 장모님은 지금 뭐하고 계실까?

주방에서 음식을 만드시고, 김치를 담그실까?

자신을 환영해주는 따뜻한 마음과 함께, 자신을 위한 장모님의 정성가득한 음식대접도 당당히 받고 싶고, 또 장모님과도 소소한 대화를 나누고 싶었다.

이런 생각으로 자료실을 배회하다가 자리로 돌아왔을 때였다.

인수는 세영을 보았다.

"……!"

안으로 들어서던 세영도 인수를 보고는 약간 놀란 눈빛이었다.

인수는 반갑기도 했지만, 순간 화가 나기도 했다.

표정에 드러났나 보다.

세영도 표정이 약간 굳어졌다.

두 사람은 서로 마주본 상태로 앉았다.

손으로 턱을 괴고는 책을 보고 있기는 하지만 눈에 하나도 들어오지 않는 것은 둘 다 마찬가지였다.

인수는 세영이 먼저 말을 걸어올 때까지 꾹 참기로 했다.

하지만 시간이 계속 흘러가도 세영은 먼저 말을 걸 생각이 전혀 없어보였다.

이것 봐라?

내가 전화한 걸 분명 알면서도 이러기야?

인수는 꾹 참았다.

그렇게 점심도 거르고 오후 4시가 넘어가는 그때였다.

세영이 전화기를 확인하더니, 가방을 챙겼다.

인수는 어이가 없었다.

설마……. 했는데 세영이 여기보라며 손을 앞에서 흔들고는 나 먼저 갈게 라고 입을 모아 말한 뒤 휙 가버리는 것이 아닌가.

인수는 즉각 가방을 챙기고는 세영의 뒤를 따라 나갔다.

한데…….

거기서 입이 떡 벌어져 다물어지지가 않았다.

"세영아, 여기!"

"어, 오빠."

"오늘 공부 잘 됐어?"

'웬 범생이가……'

"응. 괜찮았어."

"그럼, 가자. 열심히 공부한 우리에게 상을 줘야지."

"물론이죠."

"달마야 어때?"

'달마야? 지금 영화 보러 간다는 거야? 나 이렇게 두고?'

인수는 어이가 없어서 두 눈만 깜빡거렸다.

그때 세영이 고민하는 표정을 지었다.

'그래, 아니야. 넌 그런 코미디영화 안 좋아하잖아. 착신
아리라고 말해야지.'

"좋아요!"

'헐……'

"가자."

인수의 앞에서 세영이 다른 놈과 만나 영화를 보러 간다
며 사라졌다.

그것도 자신이 좋아하는 공포영화를 포기하면서까
지…….

이건 뭐, 마누라가 딴 놈이랑 바람피우는 현장을 목격한
것만 같았다.

축 처진 어깨로 집으로 돌아온 인수는 문을 열고 들어온
순간 기겁했다.

한마디로 집이 개판이었다.

"으으……."

저절로 두 주먹이 불끈 쥐어졌다.

라면을 먹고 식탁에 그대로 두었다.

최소한 싱크대에 던져놓기라도 해야 하는 거 아닌가?

거실에는 널려 있는 과자부스러기와 봉지들…….

이 녀석들은 먹고 또 자고 있다.

인수가 들어온 것도 모른 채…….

에어컨은 계속 돌아가서 시원하기는 했다.

인수는 조용히 자신의 방으로 들어갔다.

침대가 그리웠다.

하지만 침대 위에는 윤철이 팬티만 입고는 큰 대자로 뻗
었다.

"크으으."

이놈들은 친구들이 아니다.

친구지간에도 예의가 필요한 법.

당장 깨워서 군기를 좀 잡아야할 필요가 있다고 판단했
다.

너무 잘해줬다. 이놈들이 호의가 계속되니까, 그것이 진
짜 권리인 줄 알고 있다.

"야, 기상! 전부 일어나!"

하지만 들리지 않나보다…….

뭐래……. 하는 표정으로 몸만 비틀 뿐.

다들 달콤한 꿈나라에 가 있다.

"후!"

이렇게 착해빠져서야…….

인수는 혼자 속으로 삭이며, 주방으로 갔다.

그렇게 조용히 설거지를 하고 있는데 전화가 걸려왔다.

세영이었다.

"응. 왜?"

일부러 자연스럽게 왜라고 물었는데, 세영이 잠시 말하지 않고 뜸을 들였다.

[아까… 그냥 그렇게 가서… 오랜만에 봤는데.]

"아……. 뭐 서로 바쁘니까……. 넌 잘 들어갔어?"

[응….]

집이야? 라고 묻고 싶은 것을 꾹 참았다.

"그래, 알았어."

세영의 숨소리만 들려왔다.

인수는 하마터면 근데 그 놈 누구야? 라고 말할 뻔했다.

물론 말을 꺼냈다면 조심스럽게 물었을 것이다.

아까 밑에서 봤는데 너 모르는 사람이랑 같이 있더라? 뭐 이런 식으로.

그때 수화기저편에서 세영의 숨소리가 멈추었다.

[그래…….]

'그래? 이게 다야? 지금 끊겠다는 거야?'

인수가 무슨 말이라도 하려는 그때 세영이 먼저 전화를 끊었다.

핸드폰만 멍하니 바라다보는 인수.

자꾸 세영이 아내로만 인식되는 이 마음을 버려야한다는 것을 잘 알면서도 그게 쉽지 않았다.

그 놈이 극장에서 팝콘을 먹는 척, 세영의 손을 은근슬쩍 잡으려 시도하는 장면이 막 그려졌다.

쉬운 여자 아니야. 절대로 아니야.

지금 전화를 한 걸 보면, 영화만 보고 헤어져 집에 온 것 같고 그 놈이랑 늦게까지 시간을 보낼 것 같지는 않아보였다.

인수는 세영의 사생활을 존중해주어야 한다고 생각은 했다.

하지만 지금은 밀린 설거지로 인해 짜증이 나서 모든 것이 다 짜증이 났다.

수연이 자신을 잊고서 열심히 사는 것도 은근히 짜증났다. 그렇게 죽고 못 산다고 할 때는 언제고…….

다 포기한다고 할 때는 언제고…….

"외롭고 고독하네."

인수가 설거지를 하다가 문득 손을 멈추며 혼자 중얼거렸다.

귀환하기 전, 당시 서로가 너무나도 힘들어 이럴 거면 차라리 헤어지는 게 낫겠다고 판단해 먼저 이별을 통보했을 때가 생각났다.

그렇게 한 달 뒤에 받은 세영의 편지.

설거지를 끝낸 인수는 책상 위에 A4용지를 한 장 올리고는 볼펜을 들어 편지를 써내려갔다.

외롭고 고독한 날엔 사랑하는 사람에게 일상으로의 초대장을 보내보자.

미워하는 마음 없이, 원망과 질책도 없이, 희망을 얘기하는 것도 없이……

그냥 덤덤하고 편하게, 그저 평범하고 소소한 나의 일상을 꾸밈없이 있는 그대로 전해 보는 것이다.

인수는 자신의 일상을 적어 내려갔다.

세영을 생각하며.

◇ ◆ ◇

답장이 온 것은 한 달이 지난 뒤였다.

우편함에서 세영의 편지를 발견한 순간, 야호! 소리가 저절로 튀어나왔다.

후다닥.

인수는 집으로 뛰어 들어가 소파에 앉은 뒤, 허겁지겁

봉투를 뜯으려다가 칼을 찾았다.

봉투가 훼손되지 않게 조심히 열었다.

'인수야, 안녕?'

"헤……."

펼친 순간, 편지가 사진처럼 찍힌 탓에 내용이 한 눈에 다 들어와 버렸다.

인수는 세영의 마음을 느낄 수가 있었다.

자신이 이성으로 세영의 마음 한편에 자리를 잡아가고 있는 만큼 세영은 설레고 있었다.

인수는 다시 한 글자 한 글자를 또박또박 읽어 내려갔다.

그렇게 다 읽고 난 뒤, 자신이 좋아하는 곳만 골라서 읽고 또 읽었다.

'편지 너무 기뻤어. 정말 생각지도 못했거든. 사실 나 요즘 네 생각을 많이 해. 나도 내 마음을 잘 모르겠어. 확실한 건 우린 분명 좋은 친구가 될 수 있을 거 같다는 거야.

뭐랄까……. 네 편지를 계속 읽으면 내가 너에게 초대받고 있다는 느낌이 들어. 넌 그냥 너의 일상을 말하고 있는데……. 내가 왜 소중한 사람처럼 느껴지는지도 잘 모르겠어.

넌 정말 착하고 좋은 사람인 것 같아.

잘은 모르겠지만…….

날 초대했다면 그 초대에 응할게.

고마워.'

인수는 베란다로 나가 창문을 활짝 열었다.

"뭐야, 편지 한 방에."

기분이 너무 좋아 혼자 중얼거린 인수는 다시 밖으로 나갔다.

문구점에 들러 향기가 나는 꽃 편지지를 골랐다.

집으로 돌아온 인수는 배를 깔고 누워 편지를 써내려갔다.

혹시나 세영이 부담을 가질까봐, 마음을 조금씩 열었다.

'답장 정말 기뻤어. 나도 요즘 네 생각을 많이 해.

우린 이미 좋은 친구잖아?

넌 나에게 정말 소중한 친구야.

나 역시 고마워.

널 다시 만나……'

인수는 다시를 지웠다.

'널 만나고 알게 되어서 정말 기뻐.'

우체통에 편지를 넣은 인수는 하늘을 올려다보았다.

파란 하늘이 온통 세영의 얼굴로 보였다.

다시 돌아온 세영에게 영원히 함께 하자고, 다시는 헤어지지 말자며 프러포즈를 했었다.

가진 게 아무것도 없고, 줄 수 있는 게 아무것도 없다고 했는데도 세영은 세상에서 가장 따뜻한 프러포즈를 받아 행복하다고 말했었다.

이제는 돈을 처바르는 프러포즈도 얼마든지 할 수가 있었다.

하지만 그런 프러포즈가 아닌, 진심이 전해지는 세상에서 가장 멋진 프러포즈를 할 거야.

인수는 행복한 고민에 휩싸였다.

언젠가 친구들에게 말했었다. 세영에게도 말했었다.

다시 돌아가야만 찾을 수 있는 것들이 있다고.

그리고 이제 내가 죽음이 두렵다면, 그건 계획대로 살지 못했기 때문이라고.

시간은 흐르고 흘러갔다.

어린 아이가 자라 어른이 되는 그런 엄청난 시간은 아니지만, 그래도 시간은 훌쩍 흘러 2004년이 가고 2005년 새해를 맞이했다.

2월 인수는 고등학교를 조기졸업 했고, 그해 3월 서울대 법학과에 입학했다.

-연쇄살인범의 변호를 맡아 무죄를 만들어낸 변호사는 악인인가?-

-다섯 명의 인부를 살리기 위해 핸들을 틀어 한 명의 인부를 죽인 기관사는 어떤 처벌을 내릴 것인가?-

-불법으로 적출한 난소를 사용해 줄기세포를 성공시켜 수많은 생명을 구한 과학자에 대한 처벌은 어떻게 할 것인가?-

-생기부에 기술할 수 없을 정도로 수많은 책을 읽었다는데 그것을 지금 이 자리에서 어떻게 증명할 수 있는가?-

면접에서 나이가 어린 인수를 상대로 입학사정관은 여러 가지 딜레마를 내세운 법조인의 윤리행위에 대한 질문공세를 시작했다.

인수는 명쾌한 대답을 제시했다.

"사법권도, 유무죄를 판단할 권한도, 모두 국민으로부터 부여받은 것입니다. 저라면 국민의 뜻에 따르겠습니다."

그리고 인수의 독서량에 대한 검증은 입학사정관들이 즉석에서 생각나는 책에 대해 물었는데 그 책에 대한 작가부터 시작해 모든 것을 꿰뚫고 있어서 면접이 길어졌다.

입학사정관들은 설마 이런 책은 모르겠지 하며 독서검증에 관한 질문을 깊게 파고들어갔다.

하지만 그들이 묻는 어려운 책들을 인수가 오히려 더 이해하고 있어서, 그들이 이해하지 못하는 부분까지 설명을 해주었다.

인수가 면접을 끝내고 나가자, 입학사정관들은 혀를 내둘렀다.

"괴물인데요?"

"이건 말도 안 돼요."

"살다 살다 이런 학생은 또 처음보네."

"수행평가도 대단해요. 도덕성은 자신감이다. 전 이 부분에서 두 손 두 발 다 들었습니다."

"피아노 수행평가도 한양대 음대 설 교수가 너무 깜짝 놀라서 이 학생을 직접 만나보고는 곧장 입학시키려고 했는데 그게 잘 안되어서 우리 쪽에 추천을 다 해왔어요. 비창 들어보셨어요? 직접 듣는 것도 아니고 동영상으로 듣는데도 심장이 정말……."

"점수는 이미 만점인데요……. 만점도 부족하네요."

"이 집 부모는 도대체 뭐하는 사람들이야?"

"그러게요."

입학사정관들은 한참을 그렇게 인수의 사진을 내려다보며 서로 말을 주고받다가 정신을 차렸다.

"아이고, 시간이 너무 많이 갔네요. 진행합시다."

"네, 다음 학생 들어오세요."

"근데 저 정말 이 학생 부모 좀 만나보고 싶어요. 도대체 애를 어떻게 키우면……."

말을 하고 있는데 한 여학생이 문을 열고 들어오며 인사를 했다.

한데 노동조합을 상징하는 빨간색 투쟁조끼를 입고 있었다.

입학사정관들의 표정이 일순간 굳어졌다.

이 여학생도 보통내기가 아니다.

그런 표정이었다.

그때 인수는 문 밖에서 입학사정관들의 질문을 들었다.

"특별한 복장을 하고 온 이유가 있나요?"

"제 삶이 투쟁 그 자체이기 때문입니다. 이 학교에 입학하면 열심히 공부해 이 사회의 잘못된 부분을 바로 잡고 소외된 노동, 헐벗은 약자들을 위해 제 삶을 바칠 계획입니다."

인수는 그대로 복도를 지나쳐 퇴장을 하려다가 잠시 여학생의 얘기를 들어보기로 마음이 바뀌었다.

"제가 사는 빈민촌은 지붕이 낮은 집들이 대부분이고 계속해서 사람들이 들어오기 때문에 마당이 없습니다. 이 사회가 지닌 문제점으로 인해 한순간에 삶의 균형을 잃고 벼랑 끝까지 내몰린 약자들이 모여드는 곳입니다. 그러니 계속해서 벽을 세워 마당에 방을 만듭니다. 제가 사랑하는 이웃들은 대부분 이 지긋지긋한 곳을 언제든 떠날 수 있다는 믿음을 지니고 있습니다. 하지만 현실은 불가능합니다. 한번 나락으로 떨어진 사람들은 회복할 수가 없습니다. 과연 누구의 잘못일까요?"

"학생, 잠깐만요. 말 끊어서 미안한데요. 학생의 뜻은 충분히 존중합니다. 하지만 공부는 순수해야 합니다. 이념을 위한 공부는 위험합니다."

"이념을 위한 공부가 아닙니다. 현실을 위한 공부…!"

"학생. 지금 내가 하는 말 이해 못하겠어요? 매우 똑똑한 학생인데…….."

인수는 더 이상 두고 볼 수가 없어 서클을 회전시켰다.

화이트존이 뻗어나가 입학사정관들을 감쌌다.

"히프노티즘. 무조건 수긍하라."

인수가 최면마법을 펼쳤다.

입학사정관들의 사고가 뒤바뀌었다.

"벼랑 끝까지 내몰린 약자들은 불합리와 싸우지 않으면 생존자체가 불가능합니다. 여기 계신 분들은 이 처참한 현실을 제대로 알고 계시나요?"

"아이고 저희들이 미처 몰랐던 부분입니다."

"그렇군요."

"계속 말해보세요. 오늘 하고 싶은 말 다해도 좋습니다."

입학사정관들이 여학생의 말에 완전공감하기 시작했다.

그리고 같은 시간.

입학사정관들이 궁금해 하는 인수의 부모는 교문 앞에 있었다.

박지훈은 계속 말리지만, 김선숙 여사는 교문에 엿을 휘어 감고 두 손이 닳아져라 빌고 있었다.

"적당히 좀 해."

"아따 참말로."

"알았어, 계속 해. 계속하세요."

김선숙은 태국여행계획을 세워두었다.

최종합격자를 발표하는 날 태국 풀빌라에서 가족이 함께 하자는 것이었다.

합격하면 축하를, 만약에 떨어져도 가족이 함께 위로를 하자는 취지였다.

하지만 인수는 그 날 세영과 함께 있고 싶어서 계속 발을 빼고 있는 상태였다.

◇　◆　◇

태국 반얀풀빌라.

김선숙은 실내풀장에서 수영복 차림으로 샴페인을 마시며 태블릿으로 인수와 화상통화를 했다.

박지훈과 인혜가 뒤에서 껴들어 손가락하트를 날렸다.

"오빠! 여기 너무 좋아!"

[그래, 좋아 보인다.]

"아들. 같이 왔으면 얼마나 좋아. 밥은 먹었냐?"

[네, 아빠. 저는 걱정 말고 좋은 시간 보내세요.]

"아들. 이제 2시간 남았네? 거기 시간 맞지?"

[맞아요. 2시간 남았네요.]

"엄마 너무 떨려. 왜 이렇게 춥지?"

[수영복 입고 있으니까 춥죠.]

"아따 그란 것이 아니여."

[하하하. 엄마. 거기까지 갔으면 좀 즐겨요. 나 이제 나가 봐야하니까 끊어요.]

"어디 가는데?"

[친구랑 약속 있어서요.]

"그래. 아들 2시간 남았어."

[하하하. 알았어요.]

"후!"

화상통화를 끝낸 김선숙은 태블릿화면을 손톱으로 툭툭 치며 인혜를 불렀다.

"인혜야. 합격자 발표 어떻게 들어가서 본다고?"

"아 참. 아직도 2시간이나 남았구만."

"아따 가시나야 그라지 말고 좀 갈쳐줘 봐."

"도대체 몇 번을 알려줘. 어떻게 이런 머리에서 저런 머리가 나왔을까?"

"이 염병할 년이."

"저 봐. 무식하게 입에 걸레나 물고."

"꺼져 이년아. 하여튼 저 총찬한 년은 내 인생에 도움이 한나도 안 돼. 여봉. 이거 어찌케 드간다고요?"

"몰라."

풍덩!

박지훈이 풀장으로 몸을 던졌다.

"에이, 진짜! 둘 다 일루와!"

김선숙은 난생 처음 만져보는 태블릿을 들고는 곧장 풀장으로 뛰어들 기세였다.

"안 돼!"

"엄마! 안 돼!"

"오메? 아따메 참말로 자들은 내가 무슨 바본지 아네."

김선숙이 다시 비치의자에 몸을 눕히며 태블릿화면을 손톱으로 긁어 파기 시작했다.

"요거슬 여기서 요라고……."

여전히 태블릿화면을 손톱으로 파며 혼자 중얼거리는 김선숙 여사.

"아따 근데 시상 참말로 허벌라게 좋아져불었네잉. 여서 울 아들 얼굴도 다 보고잉."

계속해서 손톱으로 화면을 파고 있는 그때 화상통화가 연결되었다.

"오메 또 뭐시다냐? 인혜야!"

"거 참. 이럴 때는 이거 터치하면 된다고."

인혜가 풀장에서 빠져나와 엄마 옆으로 왔다.

통화를 누르자 인수의 얼굴이 나타났다.

"오메! 내 새끼! 오메! 내 강아지! 또 어짠 일이여?"

[엄마. 합격했대.]

"뭐시여?"

[방금 학교에서 담임샘 연락 왔어. 서울대에서 공문이 왔대. 나 합격했다고.]

"붙어 부렀다고?"

[어.]

"참말로? 참말로 붙어 부렀다고?"

"오오."

박지훈이 오줌을 싼 것처럼 몸을 부르르 떨었다.

"오빠! 진짜야? 진짜 맞아?"

[그래. 오빠 서울대 합격했다. 아빠엄마! 이제 마음껏 즐기세요.]

"오메 내 새끼! 오메 내 강아지!"

"오빠아! 축하해! 오빠아아앙! 진짜 대단하다!"

"오……."

"오메 내 새끼! 오메 내 새끼! 오메 나 지금 심장이 벌렁거려서 숨이 안 셔져부네! 오메 죽겄네! 오메 내가 지금 내 새끼 혼자 놔두고 여기서 뭐하고 있다냐? 오메 인수 아부지. 나 갈라요."

"어딜 가?"

"나 갈라요. 한국. 우리 집. 나 내 새끼한테 가고 싶으요. 오메, 오메! 오메 나 죽겄네!"

[하하하하!]

"이 여편네 실성했네. 서울대 두 번 갔다가는 죽겠네."

"오메! 오메! 오메! 오메, 인수 아부지! 나 갈라요! 갑시다! 언능 짐 싸서 우리 집 갑시다! 내 새끼한테 갑시다아!"

[하하하! 아빠, 엄마 좀 잘 좀 부탁해요. 인혜야, 엄마 좀 부탁할게.]

"오빠아앙! 알았어! 걱정 마! 오빠아아아앙!"

"인수야."

박지훈이 화면에 대고 엄지를 치켜세워주었다.

[네, 아빠. 저 그만 들어갈게요.]

인수도 아빠에게 엄지를 세웠다.

"오메! 오메! 오메! 숨이! 숨이! 오메 나 죽겠네!"

박지훈이 샴페인을 건넸다.

"이거나 마시고 숨 돌려."

"아니여라. 물을 주쇼."

"엄마 여기!"

인혜가 재빨리 물을 건네주었다.

김선숙이 벌컥거리며 단숨에 물을 들이마셨다.

"오메 인자 살겠네!"

2시간 뒤.

인혜가 홈페이지에 접속해 화면을 돌려 보여주었다.

접속자가 몰린 탓에 잘 열리지 않자, 김선숙은 애가 탔다.

"므시 잘못돼부렀을까? 으째 그거시 그라고 안 열린다
냐?"

"아 쫌 기다려 봐."

열렸다.

"확실하네."

-수험번호000. 박인수. 합격여부. 합격. 합격을 축하드립
니다. 2005학년도 서울대학교 법과대학 신입생 입학전형
에 최종합격 하였습니다. 합격자 소집일이 아래와 같이 진
행되오니 합격자와 참석가능하신 학부모님의 참석을 부탁
드립니다.-

"꺄악!"

김선숙이 비명을 내질렀다.

"오메! 인수 아부지! 인수가 인자는 서울대학생이어라!
이거시 다 꿈이다요 생시다요!"

"생시여 생시. 축하하네."

"엄마가 젤로 좋아하네."

"오메 가시나야 그라믄 안 좋겄냐? 내가 이라고 춤이라
도 춰불어야지 시방 안 되겄다."

김선숙은 어깨를 들썩거리며 춤을 추기 시작했다.

그러자 박지훈도 옆에서 따라 춤을 췄다.

"아싸!"

인혜도 함께 춤을 추었다.

"우리 가족 만세!"

박지훈이 두 사람의 어깨에 어깨동무를 하고 외쳤다.

"만세!"

"만세!"

세 사람은 그렇게 어깨동무를 하고는 뱅뱅 돌다가 풀장으로 풍덩 몸을 던졌다.

깔깔거리는 웃음소리가 저 파란 하늘 위로 울려 퍼졌다.

그 시간 인수는 세영과 함께 잠시 시간을 보냈다.

세영은 인수의 합격에 깜짝 놀랐고, 진심으로 축하해주었다.

인수의 전화기가 계속 울렸다.

윤철과 친구들이 인수의 합격을 축하하며 쉴 새 없이 찾았다.

"너 가봐야 할 거 같아."

세영이 애써 밝은 얼굴로 말했다.

"같이 가자. 여기서 가까워."

"아냐."

"친구들 괜찮아. 좀 짓궂은 녀석도 있는데 다들 괜찮은 녀석들이야."

"나도 그러고 싶은데……."

인수는 세영이 무슨 말을 할지 예감했다.

"난……."

널 못 쫓아갈 거 같아.

인수가 말을 끊었다.

"뭐 그럼 집에 데려다 줄게."

"아냐. 나 혼자 갈게. 어서 가봐. 친구들 계속 찾는다."

"괜찮겠어?"

"응."

세영이 씩씩한 표정으로 대답했다.

인수도 애써 환한 얼굴로 세영에게 손을 흔들고는 뒤돌아섰다.

인수는 끝까지 참고 뒤돌아보지 않았다.

세영이 자신의 등을 보고 있다는 것을 알았기에…….

◇ ◆ ◇

입학식.

축제 분위기 속에서 인수의 가족은 열심히 사진을 찍고 있었는데, 그 뒤로 투쟁조끼를 입은 사람들의 축하 속에서 울고만 있는 한 중년인과 그의 딸로 보이는 입학생이 인수의 눈에 띄었다.

"아빠. 이제 그만 좀 울어. 나 열심히 공부할게. 내 걱정은 뚝."

"아빠가 어떻게든 너 공부에만 집중할 수 있도록 더

열심히 일하마.”

“아휴, 등록금만으로도 감사합니다. 여기 누가 속 편하게 공부만 하겠어. 다들 열심히 일하고, 열심히 공부할거야. 나도 그럴 거고. 걱정 마. 딸 잘 할 수 있어. 아빠 몸이나 잘 돌봐. 오구오구 울 아빠. 그만 좀 울어.”

“네 엄마도 함께 왔으면 얼마나 좋아했을까…….”

그 여학생이었다.

인수는 도대체 무슨 사연인가 궁금해서 화이트존을 통해 확인해보았다.

끼이이익! 콰앙!

귀를 찢는 요란한 굉음부터 터져 나왔다.

회사정문에서 일어난 대형 사고였다. 낡은 트럭 한 대가 바리게이트를 밀고 들어와 노동조합사람들을 깔아버렸다.

병원응급실복도에서 울고만 있는 작은 소녀.

빨간색 투쟁조끼를 입고 달려와 소녀를 안아주는 남자.

“아저씨! 울 엄마아빠 좀 살려주세요! 제발 살려주세요!”

소녀는 애원하며 울부짖었다.

“서은아. 엄마아빠 서은이 보려고 벌떡 일어날 거야! 걱정하지 마!”

남자는 소녀를 위로하고는 있지만 앞날이 캄캄하다는 표정을 감추지 못했다.

병원 복도에는 투쟁조끼를 착용한 수많은 사람들이 모여들기 시작했다.

10년 동안 월급을 올려주지 않았던 회사는 이에 강경하게 대응하는 노동조합을 상대로 노조파괴를 시작했다.

비리 형사에서 내사를 받고 물러나 건달이 된 자, 유부녀를 상대로 성폭행을 저질러 경찰직에서 물러난 자 등등 한번 '경우회'는 영원한 '경우회'라고 주장하는 전직 경찰들.

이런 쓰레기들 60명을 사장은 신입사원으로 입사시켰고, 복수노조를 만들게 한 다음 회사의 노동조합을 괴롭히며 파괴시켜온 것이다.

그렇게 전쟁이 시작되었다.

너무나도 억울해 가족들까지 총출동해서 사장을 상대로 사과를 요구했다.

하지만 유혈사태가 벌어졌고, 출동한 경찰들은 오히려 '경우회'를 주장하는 쓰레기들을 옹호했다.

외부에서도 용역깡패들이 들이닥쳤다.

누군가가 트럭을 몰고 질주했다.

그렇게 음식을 장만하고 있는 위원장과 그의 부인을 비롯해 현장의 사람들을 깔아 뭉개버린 것이었다.

그 차를 운전한 사람은 음주운전에 차량은 보험도 가입되어 있지 않은 대포차였다.

그의 부인은 이 사고로 식물인간이 되어 투병 끝에 사망했고, 남자는 5년의 기억을 통째로 잃어버렸다.

그래도 제법 잘 나가고 탄탄한 자동차부품회사의 생산직으로 15년을 근무했었고, 노동조합의 위원장을 지내고 있었다.

이 사고로 회사는 60명의 '경우회' 소속 신입사원을 해고시켰고, 정상화의 길을 가기 위해 노력하고 있지만, 아직까지도 트럭운전사에게 지시를 내린 적이 없다며 발뺌을 했다.

사장은 직장폐쇄를 했기에 종업원들이 회사를 나가지 않고 파업을 돌입한 상태에서 일어난 사고에 대한 산업재해를 인정할 수 없다고 주장했다.

기억을 잃은 그는 직장에서도 조합에서도 더 이상 할 수 있는 일이 아무것도 없었다.

거기에다가 다리도 온전치 않아 일이 힘들어졌다.

자신이 병원에 누워 있을 때는 임기가 끝날 때였고, 자신의 빈자리를 대신했었던 부위원장이 후보로 나와 위원장으로 당선되었다.

하지만 그 부위원장은 언제부턴가 위원장 몰래 사측으로부터 뒷돈을 받아먹기 일쑤였던 자였다.

겉으로는 위원장의 방침에 따르는 것처럼 하면서도 뒤에서는 노동자들의 권익을 보호하지 않고 돈을 받고 팔아

먹었다.

현장의 불합리한 점들, 애로사항들을 들어주는 척하면서도 뒤에서는 사장과 술자리에서 여자를 끼고 놀았다.

당장 위원장의 빈자리를 채울 사람이 없었기에 그런 자가 위원장이 된 것이다.

남자는 자신이 위원장으로 지냈던 기억이 없었다.

당선된 기억도 없었고, 제10대 집행부에서 약자인 노동자들을 위해 사측을 상대로 어떤 정책을 펼쳤는지 조차도 기억나지 않았다.

재활치료를 끝내고 돌아온 남자를 동료들은 위로를 해주었다.

이제는 위원장이 아니기에 집행부를 떠나 다시 현장으로 돌아와 일을 해야 했다.

힘든 부분은 기꺼이 동료들이 나서서 도와주었기에 버텨나갈 수는 있었지만, 사실 이렇게는 계속 견뎌내기가 힘들었다.

하지만 똑똑한 딸을 생각하면 직장을 그만둘 수도 없었다.

아내를 살리기 위해 그동안 모아둔 돈을 다 썼고 집까지 팔았다.

그렇게 한순간에 벼랑 끝으로 내몰려 이사를 했다.

어떻게든 산 사람은 살기 위해, 또 엄마를 잃은 그 슬픔과

아픔을 견뎌내고 공부를 포기하지 않는 딸을 위해서라도 참고 일해야 했다.

그런 남자의 노력에 딸도 부응해 이를 악물고 공부를 했고, 지금의 영광이 찾아왔으니 그를 따르던 노동조합의 옛 집행부사람들이 모두 서울로 버스를 대절해서 달려와 투쟁 조끼를 입고서 축하를 해주는 것이었다.

입학금도 그를 따르는 조합원들이 돈을 모아서 마련해준 것이었다.

"서은이 아빠를 봐서라도 열심히 공부해서 검사되는 거다?"

"네, 아저씨!"

"와, 서은이 검사되면 우리도 믿는 구석 생기는 거야?"

"호호호! 노동계의 발전을 위해 열심히 발로 뛰는 노동검사가 되겠습니다!"

"형님! 울 형님도 기억 찾아내고 다시 우리 집행부를 이끌어주시는 날이 올 겁니다. 다 힘냅시다!"

남자는 분명 사고가 나기 전에는 강력한 지도력으로 조합원들을 이끌었을 것이다.

하지만 지금은 잠시 서 있는 것조차도 힘들어하는 작은 난쟁이 같은 사람의 모습이었다.

그래도 그를 따르는 사람들의 의리는 변함이 없었다.

그가 계속해서 눈물을 참지 못하는 이유였다.

"형님. 이제 그만 우세요."

"네, 형님! 이렇게 좋은 날 왜 울고만 계세요!"

"고맙네. 정말 고맙네! 내 이 은혜는 평생…… 아니, 죽어서도 잊지 않을 거야!"

인수는 이 남자의 사연을 알고 난 뒤 마음이 쩡해왔다.

자신이 대학생활을 하는 동안 도와줄 수 있는 친구는 도움을 주어야겠다고 생각했다.

하지만 대학생활은 공부 또 공부였다.

인수의 머릿속에 하나의 거대한 도서관이 통째로 자리잡는 과정이었다.

인수는 바쁜 시간을 보내면서도 장서은을 뒤에서 지켜보았다.

일에 치어 공부를 제대로 하지 못하는 것이 안타까웠다. 이미 경쟁에서 불리했다.

장서은이 더 이상은 할 수 없다고 한계를 느끼고 다 포기하려고 했을 때, 인수가 기적처럼 나타났다.

소설 키다리 아저씨를 좋아하는 장서은이었다.

아르바이트를 하고 있는 레스토랑에서 쓰레기만도 못한 진상손님에게 걸려 무릎을 꿇고 사과를 하고 있는 장서은은 비참했다.

바쁘게 움직이느라 옆을 지나가다가 손님의 팔꿈치를 건드려서 샴페인이 조금 흘렀다.

사과를 했는데, 분위기가 깨져서 음식 맛이 떨어졌다며 종업원교육을 어떻게 시킨 거냐며 소리를 질러대는 미친 여자였다.

실컷 먹고 나서 계산을 하지 않을 계획이었는데, 서은이 재수 없게 걸린 것이었다.

서은은 무릎을 꿇고 빌었다.

벌써 7일 째 잠을 자지 못했다.

천재들을 따라잡기 위해서는 그만큼 시간을 악착같이 사용해서 공부를 해야만 했다.

하지만 그래도 원하는 성적이 나오지 않았다.

이대로는 먼저 죽을 판이었다.

그렇게 서은은 자존심을 다 버리고 여자에게 무릎을 꿇고 있는 것이 아니라 이 세상과 자신의 슬픈 처지와 한계에 무릎을 꿇고 있는 것이었다.

돌아가신 엄마와 몸이 불편해도 자신을 위해 일을 하는 아빠와 아빠를 믿고 도움을 주신 아저씨들을 생각하니 눈물이 펑펑 쏟아졌다.

평범한 머리의 소유자였다.

오직 노력 하나로만 여기까지 온 것이었다.

그런데 이제는 자신의 환경과 머리로는 천재들을 이길 수가 없다고 깨달은 것이었다.

그렇게 자포자기를 한 상태로 죄송하다는 말만 하고 있는 그때였다.

키다리 아저씨가 기적처럼 나타났다.

정말 그림책에서 본 사람과 똑같았다.

지팡이와 굴뚝모자에 근사한 턱시도차림이었다.

하지만 얼굴이 보이지 않았다.

키가 너무 큰 탓일까?

올려다보아도 얼굴을 볼 수가 없었다.

서은의 눈에만 그런 것이 아니었다.

레스토랑 주변 사람들 모두의 눈에도 인수의 얼굴이 보이지 않았다.

"열심히 사는 아이를 괴롭히다니 혼 좀 나야겠는걸? 벗고 춤추다 네 뺨을 때려라. 스스로 뉘우칠 때까지."

인수의 입에서 마법의 주문이 떨어지자, 그 여자 손님이 옷을 벗고는 춤을 추기 시작했다.

그러다가 자신의 양쪽 뺨을 사정없이 후려치기를 반복했다.

좌악, 쫙. 좌악, 쫙.

"잘못했습니다! 뉘우치겠습니다!"

무릎을 꿇은 서은은 멍한 눈으로 여자를 보았다.

"넌 일어서라. 잘못하지 않았다. 오늘은 기적의 날. 너에게 선물을 주마."

서은은 두 눈으로 빤히 보면서도 믿어지지가 않았다.

키다리 아저씨가 턱시도 품안에서 상자를 꺼내었다.

"잘 풀리는 집이다. 뽑을 때마다 휴지가 아니라 돈이 나올 것이다. 졸업할 때까지는 일하지 않아도 충분히 먹고 살고 학비도 댈 수 있는 돈이야. 하지만 지켜보겠어. 이 돈을 다른 곳에 사용하거나 열심히 공부하지 않으면 다시 회수할 테니 공부를 위해 소중히 잘 사용하라."

서은이 휴지처럼 빠져나와 있는 5만 원을 한 장 뽑아내니, 엮어져서 돈이 또 튀어나왔다.

"당장 그만두고 기숙사로 돌아가서 잠을 푹 잔 뒤 공부해라."

"네?"

"자, 그럼 같이 나갈까?"

인수가 모자를 벗어 반원을 그리며 한 발을 뒤로 빼고는 인사했다.

모자를 다시 고쳐 쓴 뒤, 손을 내밀었다.

서은이 취한 듯 인수가 내민 손을 붙잡았다.

탁탁탁.

인수가 서은의 손을 붙잡고는 지팡이를 두드리며 밖으로 나갔다.

잘 풀리는 집을 들고서 키다리 아저씨의 뒤를 따라 나가는 서은은 믿을 수가 없어서 두 눈만 깜박거렸다.

"아저씨!"

"응?"

"아저씨는 누구세요? 저 이 돈 받을 수 없어요!"

"나? 나는 너의 키다리 아저씨."

"네?"

"지켜볼 거야. 세상에 공짜는 없어. 나중에 성공하면 이 자까지 쳐서 갚아."

"아니요! 이렇게는 안 돼요! 이거 돌려드릴게요!"

"깨끗한 돈이야. 내 돈이거든."

"아니 그런 뜻이 아니라 아저씨 이름이라도 알려주세 요!"

"키다리 아저씨."

"아니요, 아저씨!"

"다시 말하지만, 걱정 말고 사용해도 된다. 공부만 열심 히 하렴. 그럼, 이만."

기숙사 앞에 도착하자, 인수는 다시 모자를 벗고는 정중 히 인사한 뒤 뒤돌아갔다.

서은이 따라오다가 멍해진 상태로 주위를 둘러보았다.

어느 순간 키다리 아저씨가 사라지고 없기 때문이었다.

다음 날, 인수는 도서관에서 열심히 공부하는 서은의 모 습을 지켜보며 흐뭇한 표정을 지었다.

인수의 대학생활은 몹시 바빴다.

노력 없이 얻어지는 것은 없었다.

강의가 비는 이른바 '공강시간' 까지도 소중하게 활용했다.

빈 강의실에서 리포트를 작성했고, 동네 도서관에서는 볼 수 없었던 진귀한 책들을 탐독해나가며 곱씹어 보기를 반복해나가는 과정을 통해 사고의 영역을 한 단계 더 확장시켜나갔다.

흥미 있는 강좌도 청강했다.

교수들의 강의는 핵심만 걸러내 준 엑기스처럼 다가와 피가 됐고 살이 되었다.

대부분의 교수들은 너그러웠다.

빈 시간에 청강을 온 인수를 기특하게 여겼다.

내로라하는 인재들답게 대부분의 학생들도 이 시간을 잘 활용했지만, 적응해나가지 못하는 몇몇 학생들은 이 시간을 허비하며 공허함에 사로잡혔다.

어딜 가나 꼭 그런 무리들이 있었다.

당구장과 PC방을 전전하며 공부의 리듬을 스스로 무너뜨렸다.

인수는 이런 학생들이 안타까웠지만, 딱히 도움을 줄 수도 없었다.

말을 강제로 물가로 끌고 갈 수는 있지만, 억지로 그 물을 먹일 수는 없는 노릇이니까.

원서의 일정 부분을 번역해서 제출하는 리포트는 그들에

게는 10시간을 잡아먹는 일이었지만, 인수는 빈 강의시간만으로도 충분했다.

어딜 가서도 2등이라면 서러울 서울대학교 인재들도 인수를 보면 너무 놀라워 혀를 내두를 정도였다.

"어이, 동생. 동생은 어떻게 그렇게 빨리 끝낼 수가 있어? 신기하네."

"하하, 형님. 법열이라는 말 들어보셨죠?"

"법열? 참된 이치를 깨달았을 때와 같은 묘미와 쾌감에 마음이 쏠리어 취하다시피 되는 기쁨."

"네. 공부를 하다보면 뭘 깨닫고 기쁘잖아요. 이 때 우리 뇌는 강력한 힘을 받고요."

"그렇지. 그 힘은 가속화로 이어지지."

"네. 맞습니다. 바로 그겁니다."

"그래. 뇌가 문제였구나. 뇌가 달랐어. 너와 나의 뇌는 태어날 때부터 달랐던 거야."

"아니요, 형님. 문제는 뇌가 아니라 공부를 하는 시간의 연속성이죠."

"크으! 나도 열심히 한다고! 솔직히 너보다 더 열심히 한다고!"

고등학교 때에는 그 누구에게도 지지 않았었다.

하지만 인수에 비하면 자신이 바보처럼 느껴져 상대적인 박탈감에 시달릴 정도였다.

"죄송합니다."

"넌 나를 두 번 죽였어."

"하하하……. 형님."

인수는 같은 1학년이라도 나이가 1살 어리기에 형님, 누님하며 잘 따랐다.

특히 선배들에게도 진심으로 예의를 다했고 극진했다.

천재의 천재는 뭔가 인성이 비뚤어졌을 것이라는 선입견은 깨끗하게 사라졌고 모두가 인수를 좋아했다.

동생처럼 아끼고 사랑해주었다.

도서관에서는 공부벌레들과 치열한 분위기 속에서 공부를 하다가 도서관 로비로 내려와 마시는 자판기커피의 맛은 일품이었다.

같은 뜻을 지니고 같은 공부를 하는 사람들과 함께 이야기를 나누며 마시기에 더욱 더 맛있었다.

대학의 중심부, 도서관.

그 로비에서 개인의 고민을 이야기하고, 전공을 이야기하고, 사회문제를 토론하고, 읽은 책에 대해서 공유하고, 장래진로에 대한 이야기를 나누었다.

그리고 그 이야기는 햇살 좋은 날 잔디밭으로 옮겨져 확장되었다.

열띤 토론을 펼치다보면, 자유롭게 사람들이 참여해 대화의 질이 높아졌다.

자기와 생각이 다른 사람들이 각자의 주장을 펼치면서도 서로를 이해하며 견문을 넓혀갔다.

다양한 공연문화까지 곁들여 이 장소에서 누릴 수 있는 기쁨은 곧 대학생활의 특권이었다.

"날 좋은데, 사진 한 장 찍자고. 자, 김치!"

한 장의 사진이 찍혔다.

인수를 중심으로 사진 속의 인물들은 훗날 한 정당의 대변인이 되고, 대검의 차관이 되고, 교수가 되고, 판사가 되고, 변호사가 된다.

인수는 사법고시를 준비해나갔고, 경영학과 변영하 교수의 강의를 청강했다.

인수와 변영하 교수의 첫 만남이었다.

남들처럼 동아리활동을 하고 싶기도 했지만, 모든 시간을 공부에만 쏟아 부었다.

인수는 또 다시 2년 만에 서울대 법과대학을 졸업하는 과정에서 사법고시를 패스했고 2007년 3월 사법연수원38기에 최연소로 입소했다.

이 때가 인수의 나이 21세였다.

다음 해,

2008년 8월, 광주지방검찰청 제2형사부 329호 검사실.

인수는 11명의 동기들과 함께 검사시보로 2개월간의

실무수습을 시작했다.

김선숙 여사는 친정이 광주이기에 신이 났다.

인수를 따라 친정에 내려왔다.

하남 장수동 시골에서 고추농사 중인 부모님께 검사외손자 불편한 거 없이 잘 지내게 힘써달라고 부탁 같은 명령을 했다.

"오메……. 한 번만 말하믄 됐지. 가시나야 너는 같은 말을 몇 번이나 하냐."

"엄마는 자꾸 말해야 돼. 냉장고 좀 봐. 암 것도 없잖아. 암 것도. 도대체가 살림을 어떻게 하요?"

"니보다 잘해 이년…… 오메…… 알았어. 알았당게."

"그라고 인자 일 안 해도 먹고 살잖아? 돈 보내주면 저금하지 말고 그냥 쓰라니까? 아빠랑 맛있는 것 좀 사먹고 농사일은 제발 그만하라고."

냉장고부터 시작해서 TV, 세탁기, 에어컨…….

집안의 모든 가전제품과 집수리까지…….

김선숙은 친정에 돈을 엄청 썼다.

원래 남편 몰래 친정에 돈 쓰는 걸 좋아하는 김선숙이었지만, 지금은 친정집을 시골에서 가장 뛰어난 초호화 전원주택으로 화려하게 바꾸어 놓았다.

장수마을의 모두가 부러워했다.

선숙이가 고등학교 졸업하자마자 미용 배워서 돈을 열심

히 벌더니, 성공해서 돌아왔다고.

그러니 김선숙의 엄마인 순천댁에게 딸과 사위 그리고 손자는 상전이 되어버렸다.

"앞으로 살믄 얼마나 산다고."

이제는 돈 걱정 말고 편하게 쓰면서 인생 즐기라고 딸은 말한다.

하지만 아껴 쓰는 시골 노인네들의 살아온 생활방식이 있는 법.

딸이 아무리 많은 돈을 보내주어도 고추농사에 깨 농사를 그만둘 수가 없는 것이다.

김선숙은 그것이 못마땅했다.

"아따 이년아 작작 좀 말해라."

"이년? 엄마는 진짜! 검사 할머니가 교양 없게! 아, 입에 걸레를 그렇게 물고 있으면 어떡해? 그라고 고추랑 깨 그냥 딴 사람 줘!"

'오메 저 미친년, 염병할 년, 총찬한 년, 연덕빠진 년. 저 가시나는 나이를 저라고 처묵어도 귄대가리가 한나도 없어. 남편 잘 만나서 팔자 고치더니 어메를 아주 잡아 먹네. 언능 느그 아부지 따라가 고추나 따라 이년아. 즈그 아부지가 일도 안 시키고 오냐오냐 키워논께는 염병할 년이……'

옛날에는 대놓고 이랬지만, 이제 이것은 마음속의 말 뿐이었다.

"아따 알았어야… 내가 삭신이 오메 그냥 죽어 불겄으
야."

"아 그랑께 아프단 소리 마라고! 므단다고 농사를 계속
져!"

"오메 가시나……. 참말로……. 므단다고 따라 내려와 갖
고……. 사람 허벌라게 성가시게 해부네잉 참말로잉."

"엄마는 내가 성가시요?"

"아녀야……. 알았어야……. 오메……. 참말로 뭔 말을
못해불겄네잉."

인수가 가족들과 함께 외갓집에 도착하고 보니, 동네 초
입에 플랜카드가 연달아 붙어 있었다.

-장수마을의 자랑! 김일봉의 큰 딸 김선숙의 아들 박인수
서울대 법대 입학!-

이걸로 시작해서.

-사법고시 패스에 이어 제38기 최연소 사법연수원 입소!-

그리고 마지막.

-장수마을의 자랑 김일봉의 손자 검사시보가 되어 돌아
오다!- 로 끝났다.

모두 다 김선숙 여사가 주도해 붙였다.

그리고 지금 동네잔치도 구상 중이었다.

소도 잡고 돼지도 잡고, 전과 나물에 떡과 술까지.

"다 불러! 아주 오지게 해봐야지!"

벤츠에서 내린 까만 선글라스에 귀부인의 자태가 잘잘 흐르는 김선숙 여사는 전화를 걸어 가족들을 모두 그 앞에 집합시켰다.

인수의 외할아버지인 김일봉과 외할머니인 그의 아내 순천댁은 고추를 따다가 내려와서 억지로 사진을 찍어야만 했다.

처음부터 이랬으니, 김선숙은 이제 슬슬 순천댁에게 욕을 들어 처먹기 시작할 만도 했다.

마을회관에서 잔치가 열렸다.

동네 노인들부터 시작해 많은 사람들이 모였다.

이가 다 썩은 노인이 막걸리를 들이키고는 소리쳤다.

"일봉아! 너는 인자 확 뒤져부러도 쓰겄다!"

"오메 성님 노망 들렸소? 내가 으째 확 뒤져부러라? 인자 쬐간 살 만한디? 요케 좋은 시상 냅두고 내가 확 뒤져불믄 누구 좋으라고라?"

"아따 나는 니가 허벌라게 부러분게 하는 소리지! 내 맘을 고케 모르냐!"

"그라요? 하하하하! 많이 자시소. 오늘은 겁나 좋은 날인께 뒤지게 퍼먹고 확 다 뒤져붑시다!"

"오냐 그라자! 오늘 확 다 뒤져불자! 일봉이 니가 최고다!"

노인이 껄껄껄 웃자, 김일봉도 웃고 모두가 큰 소리로 웃었다.

"마져라, 다 부럽다 안 허요."

"참말로잉. 선숙이 자 누란코 찍찍 흘리고 다닐 때가 엊그제 같은디 요케 성공해갔고 내려왔네잉."

"마져라! 저 가시나 전빵에서 뭐 훔치다가 딱 걸려갔고 즈그 엄마한테 얻어터지고 그랬었는디!"

김선숙의 표정이 확 굳어졌다.

기껏 잔치를 벌여주었더니 안 해도 될 소리를 저렇게 하는 노인네들이 꼭 있는 것이다.

"당신 진짜 그랬어?"

"아 몰라요. 기억도 안 나는구만."

"어이, 사우! 사우 일루와! 잔 또 받어!"

"네, 갑니다!"

"거 들어봉께는 선숙이가 미용해서 돈을 열심히 벌어갔고 자네 사업자금도 대주고 그랬다든만 고것이 사실이여?"

"아하하⋯⋯. 좀 어려울 때 도움을 받은 거 맞습니다."

"와따메! 선숙이가 참말로 용하네잉! 그라믄 자네는 처가에 겁나게 잘해야 쓰겄구만!"

"네! 더 잘하겠습니다."

박지훈도 동네 노인들 틈에 섞여 막걸리에 취하기 시작했다.

"우리 천재 검사님! 영감님! 일루 오쇼! 일루 와서 제 잔 한 잔 받으십쇼! 영광입니다!"

"아휴, 어르신……. 황송합니다."

"아녀! 뭐시 황송해? 검사는 영감이여! 나도 영감이고! 그란디 뭐시 황송해? 똑같은디?"

"아따메 성님! 그 영감은 조선시대 거시기 그거시 머시냐."

"당상관!"

김선숙이 옆에서 소리쳤다.

"그라제! 당상관! 맞다 당상관! 그것이 영감인 것이고. 성님은 늙어 빠진 영감인 것이고!"

"워메? 일봉이 저 무식한 놈이 겁나게 똑똑해져부렀어야? 니가 그란 것도 다 아냐?"

"그라제라."

"어쨌든 같은 영감인게 자 받어. 쭉 들이켜부러!"

"네, 감사합니다."

검은색 정장을 입은 인수가 정중하게 잔을 받고는 뒤로 돌아 마셨다.

"오메 참말로! 인물도 이런 인물이 없네잉!"

"경사여, 경사!"

노인 두 명이 자리에서 일어나 덩실덩실 춤을 추었다.

김일봉도 일어나 따라서 춤을 추었다.

고기 삶는 냄새, 기름에 전을 붙이는 소리와 사람들의 흥겨운 목소리.

"장수마을에 경사 났네!"

"오메 오진그!"

"참말로 오지네잉."

"뭐라고?"

귀가 먹은 한 노인이 막걸리를 들이키다가 아내에게 뭐라고 그러는 거냐고 묻자 그 아내가 노인의 귀에 대고 소리쳤다.

"아, 오지다 안 허요!"

"오져? 뭐시 오져?"

"순천댁 손자가 검사가 댜부렀다고 오지다고라!"

"순천댁이 검사했어? 뭐슬? 오지게 검사해?"

"오메 귓구녕을 확 파불어불까잉! 몰라! 그냥 자시기나 하쇼!"

〈4권에 계속〉